서문문고
306

오를레앙의 처녀

최 석 희 옮김

차 례

오를레앙의 처녀(Die Jungfrau von Orleans)(1802)

오를레앙의 처녀

낭만적 비극

프리드리히 쉴러 Friedrich Schiller 지음
최 석희 옮김
원전으로는 1966, Insel 출판사판
Die Jungfrau von Orleans
을 사용하였음.

등장인물

프랑스 왕, 카를 7세[1]
카를 7세의 어머니, 여왕 이사보[2]
카를 7세의 연인, 아그네스 소렐[3]
브루군트의 공작, 선인 필립[4]
오를레앙의 뒤노아 바스타르 백작[5]

---

1) Karl Ⅶ : 1422-1461년 사이 프랑스의 왕. 1403년 파리에서 태어
   나서 1461년에 사망. 아버지 카를 6세는 1392년에 정신병에 걸렸으
   며 1422년에 사망했다. 왕위 계승을 하려 하자 영국의 Heinrich 6세
   가 프랑스 왕관을 요구하는 경쟁자임을 알게 된다. 당시 르와르 강 북
   쪽 프랑스는 영국인들에 의해 점령당해 있었다. 1429년 카를은 랭스
   에서 대관식을 거행했다. 1437년 그는 프랑스로 돌아왔으며 카를 7세
   가 죽을 때에는 Calais만 영국 손에 들어가 있었다.
2) Isabeau : 바이에른 Inglostadt의 Stephan 2세 공작의 딸이며 미
   친 카를 6세의 부인. 그녀는 브루군트와의 관계 때문에 자신의 아들인
   카를 7세의 후견인인 Armagnac 백작에 의해 추방당했다. 파리에서
   살았으며 부도덕한 삶을 산 것으로 알려져 있다.
3) Agnes Sorel(1409-1450) : 카를 7세의 연인. 1431년에 궁정으로
   왔다.
4) Phillip der Gute : 브루군트 공작(1419-1467)을 말함. 살해된 요
   한의 아들이며 카를 7세의 사촌이다. 1420년 브루군트는 여왕 이사보
   의 동의를 얻어 영국과 협약을 했다. 이 협약에 의하면 카를 6세의 딸
   인 카타리나와 결혼한 하인리히 5세(1402-1468)는 프랑스 왕좌를 이
   어받을 수 있었다.
5) Graf Dunois: 오를레앙의 Johann Bastard(1402-1468), 1407
   년 살해된 오를레앙의 루드비히 공작의 아들. 뒤노아는 프랑스에서 영

왕의 장교들: 라 이르6)

　　　　　 뒤 샤텔7)

랭스의 대주교8)

샤틸론9)

브루군트의 기사

라올 로팅의 기사10)

영국 장교 탈보트11)

영국의 지휘자들: 리오넬12)

　　　　　 파스톨프13)

　국인들을 쫓아 내는 일에 성공했다고 한다.
6) La Hire: Etine Vignoles La Hire(1390-1443)는 프랑스의 지휘
　관으로 용감무쌍함으로 유명한 인물이다. 1427년 뒤노아와 함께
　1600명의 군사를 이끌고 영국인들이 Montargis 점령을 포기하게 했
　다.
7) Du Chatel: Tanneguy Duchâtel(1369?-1449?) Armagnac백작
　의 사위, 황태자의 신임자. 그는 이 이야기의 시기에는 전투에 참여하
　지 않았으며 궁에도 없었다.
8) 랭스의 대주교: 프랑스의 재상. 그는 요한나에 불리한 영향을 미쳤다.
9) Chatillon: 역사에 나오지 않는 쉴러가 만들어 낸 인물.
10) Raoul: 쉴러가 만들어 낸 인물.
11) Talbot: 영국의 총사령관. 1429년 Patay 근교에서 잔 다크에게
　패하여 체포되었다. 그 후 포로 교환으로 석방됨. 1435년에 사망. 그
　러나 쉴러는 이 드라마에서 탈보트를 랭스에서 사망케 하였다.
12) Lionel: 쉴러가 만들어 낸 인물임. 쉴러는 리오넬을 Salibury 백작
　의 동생으로 만듬. 역사상에는 Bastard von Vendome가 1430년
　Compiegne 근교에서 잔 다크를 체포했다.

몽고메리14)

오를레앙의 시의원

영국 전령관

티보 다크15), 부유한 농민

티보 다크의 딸들: 마르곳

　　　　　　　루이손

　　　　　　　요한나

딸들의 구혼자들: 에티네, 클라우데 마리, 래몽

베트랑과 다른 시골 사람

흑기사의 유령

숯 굽는 남자와 그의 아내

군인과 백성, 궁중 하인, 주교, 수도승, 궁내 장관, 시의원, 궁내관, 대관
　　　행렬에서 다른 말 없는 인물

---

13) Fastolf: Sir Johann Fastolf(1378-1459). 1423년에 노르만디
　　의 태수(총독). 1429년 사순절 동안 오를레앙을 점령한 영국군을 위
　　하여 군량 공급을 지휘했다. 군량은 주로 청어였다고 한다. 이 '청어전
　　쟁'에서 프랑스군에 맞서 승리했다. 그러나 6월 18일 Patay근교에서
　　탈보트와 함께 전사했다. 사람들은 그를 셰익스피어의 John Falstaff
　　경의 모델로 생각했다.

14) Mongtmery: Wales(영국 서남부의 반도 이름)의 귀족.

15) Thibaut d´Arc: 쉴러는 요한나의 아버지를 화음 때문에 티보라고
　　칭했다. 역사상의 Jacqes d´Arc는 세 아들과 두 딸이 있었다.

서 곡

어느 시골. 오른쪽 앞 교회에는 성모 마리아상
왼쪽으로는 키가 큰 떡갈나무.

제 1 장

티보 다크, 세 딸들, 딸들의 구혼자인 세 사람의 젊은 양치기.

티 보 사랑하는 이웃이여! 오늘 우리들은 아직 프랑스
인이오, 조상들이 가꾼 오래된 땅의 주인이며 아직은
자유로운 시민이오.

누가 알겠는가, 내일은 누가 우리를 명령할지!

영국인은 모든 지역에 승리의 깃발을 펄럭이며
그들의 말은 프랑스의 무르익은 들판을 짓밟고 있
소.

파리는 이미 영국인을 승리자로 받아드렸고, 낯
선 종족의 후예1)를 장식했지, 다고베르의 왕관2)
으로.

왕들의 손자3)는 재산을 빼앗기고 자신의 왕국에

---

1) Sprößling: 영국의 하인리히 6세를 말함. 쉴러는 하인리히의 왕위 계
   승을 프랑스 왕위 계승보다 앞서 옮겨 놓았다. 사실 하인리히의 왕위
   계승은 요한나가 체포된 후 1431년 12월 17일 파리에서 거행되었다.
2) Krone Dagoberts: 다고베르 1세는 메로빙 Merowing(최초의 프랑
   켄 왕조)의 왕으로 630년에 파리 근교에 있는 성 데니 St. Deni 수도
   원을 설립했다. 성 데니 수도원은 왕가의 표장이 보관되어 있는 곳이
   다.
3) 손자란 여기서 왕위 계승자 카를 7세를 말함.

서 몸을 숨겨야만 하다니!

그리고 왕의 가장 가까운 사촌4)과 제일 높은 귀족5)이 적의 군대에서 그와 맞서 싸움을 하고 왕의 무자비한 어미6)가 그것을 부채질하지.

주변 마을과 도시가 불타고 있소. 아직 평화롭게 쉬고 있는 이 계곡으로 군대의 연기가 점점 다가오고 있구려.

— 사랑하는 이웃이여, 그 때문에7) 나는 신과 함께 내 딸들을 돌보려고 결심했소. 그래도 아직 할 수 있는 일이기에. 여자는 전쟁의 고난 속에서 보호자를 필요로 하기 때문이지.

그리고 진실한 사랑은 모든 어려움을 이겨내지.

(첫 번째 양치기에게)

— 에티네여 오너라! 나의 마르곳에게 청혼하게나, 밭들은 인접하여 나란히 있고 마음은 일치하

---

4) 필립 선인(브루군트 공작)을 말함.
5) Pair: 귀족에 속하는 프랑스의 정치적 특권층. 12세기 말부터 각각 6명의 정신적, 세속적 귀족이 있었다. 그러나 이 귀족 품위는 1791년 혁명이 일어나면서 없어졌다가 1814-1848년에 다시 도입되었다.
6) Rabenmutter: 욥기 38장 41절에 나옴. 자식을 버린 까마귀라는 말에서 유래함. 이자보가 영국군의 선두에 있었다는 것은 쉴러가 만들어 낸 이야기다.
7) "사랑하는 이웃이여 그 때문에[...] : 괴테의 『헤르만과 도르테아』두 번째 노래. 5. 102와 비교바람. "어느 때보다 오늘 나는 결혼하기로 결심하고 싶습니다; 착한 소녀는 보호자를 필요로 하기 때문입니다."라는 문장을 상기시켜 준다.

네, — 그것은 좋은 부부결합을 이끌어내지.

　　　(두 번째 양치기에게)

　　클라우데 마리! 자네는 침묵을 지키고 있군.

　　그리고 나의 루이손은 눈을 내려 깔고?

　　자네가 나에게 내놓을 재산이 없다고 해서 서로
를 발견한 마음을 갈라놓을 것인지?

　　지금 재산을 가진 자가 누가 있겠는가? 집과 곳
간은 가까운 적이나 불길에 휩쓸려 가고 —

　　이 시대에는 용감한 남자의 진실된 가슴만이 강
풍을 견디는 강한 지붕일세.

루이손　아버지!

클라우데 마리　나의 루이손!

루이손　(요한나를 포옹하면서) 사랑하는 나의 동생!

티 보　모두에게 삼십 에이커의 땅과 마굿간과 농장 그
리고 가축을 주겠노라. — 신께서 나를 축복하였으며
그렇게 너희에게도 축복이 있을 것이다!

마르곳　(요한나를 포옹하면서) 아버지를 기쁘게 해라. 우리
들을 본보기로 삼아라! 이 날 행복한 세 쌍이 이루어
지게 하자.

티 보　가서 준비하라. 내일이 결혼식이다, 마을 전체와
더불어 축하하고 싶구나.

　　두 쌍은 팔에 팔을 감고 퇴장한다.

제 2 장

티보. 래몽. 요한나.

티 보 쟈네뜨[8], 너의 언니들은 결혼식을 올린다. 그들
이 기뻐하는 것을 보니 나의 노년이 즐겁구나. 그런데
막내딸인 너는 내게 근심과 고통을 주는구나.

래 몽 무슨 생각을 하시는지요! 왜 따님을 나무라십니
까?

티 보 마을 전체에서 어느 누구와도 견줄 수 없는 여기
이 용감하고 훌륭한 젊은이.

그는 너에게 관심을 보였고 조용한 바람으로, 진
정한 노력으로 이미 세 번째 가을이 되도록 너에게
청혼하고 있지. 그리고 너는 그를 차갑게 물리치
고.

그 외 다른 목자들도 너에게 호의의 미소를 보이
고 있지. 나는 네가 젊음 속에 한창 피어나는 것을
보는구나.

---

8) Jeanette: 요한나를 칭하는 이 프랑스 이름이 사용된 곳은 드라마에
서 이 곳 한 군데뿐임. 쉴러는 카를 왕과 브루군트 공작에게도 독일어
이름을 부여했다.

너의 봄이 와 있다, 그것은 희망의 시간이다, 너의 사랑의 꽃이 피어 있다. 그렇지만 나는 헛되이 꽃 봉오리에서 꽃이 피어 황금의 열매로 성숙하기를 고집할 뿐이구나!

오, 그것이 내 마음에 들지 않는 구나. 그것은 자연의 무거운 혼란을 암시한다! 엄격하고 싸늘하게 감정의 문을 닫는 것이 내 마음에 들지 않아.

래 몽 아버님 진정하십시오! 그녀를 내버려 두십시오!

나의 훌륭한 요한나의 사랑은 고귀하고 연약한 하늘의 열매입니다, 그리고 서서히 가장 값진 것이 무르익을 것입니다!

그녀는 지금도 산 위에서 살기를 원하며 자유로운 들판에서 사소한 걱정들이 있는 인간의 낮은 마을로 내려오기를 두려워하고 있습니다.

나는 가끔 깊은 계곡에서 그녀가 가축들 한가운데9) 높이 우뚝 서서 고귀한 육신으로 지상의 작은 사람들을 진지하게 내려다보는 것을 보고 놀라곤 합니다.

그럴 때면 그녀는 내게 뭔가 더 높은 것을 의미

---

9) 가축들 한가운데: 라뻥 Rapin에 의하면 그녀는 빨래하는 여인이며 실을 짜는 여인이다. 재판(1431년 2월 22일 심문)에서 그녀가 어린 시절 어떤 일을 배웠는지라는 질문에 "실을 짜는 일과 바느질하는 일입니다. 제가 아버지 곁에 있었을 때 살림살이를 돌보았습니다. 양을 지키지는 않았습니다."라고 대답했다고 한다.

하며 다른 시간에서 온 것 같은 생각이 듭니다.

티 보 그것이 바로 내 마음에 들지 않는 점이네![10]

그 아이는 언니들과 함께 즐겁게 지내는 것도 피하며 새벽에 닭이 울기 전에 집을 떠나 황량한 산이나 찾고, 모든 사람들이 함께 있고 싶어하는 무서운 시간에 고독한 새[11]처럼 밤의 끔찍하고 침침한 세계로 숨어 들며 십자가의 길로 들어서 산의 공기와 함께 둘만의 은밀한 대화를 나누곤 하네.

왜 그 아이는 항상 그 곳을 찾으며 하필이면 그 곳으로 양 떼를 모는가?

나는 모든 행복한 창조물이 피하는 드루이드나무[12] 밑에 앉아서 내내 생각에 잠겨 있는 그녀를 보았네. 그곳은 유령이 나오는 곳이며, 옛 이교도 시대부터 이 나무 아래에는 악령이 살고 있다는 곳이지.

마을의 연로한 분들이 이 나무에 관해서 무시 무

---

10) 여기서 티보는 "당시 미신에 사로잡힌 약간 격앙된 그리스도교인"의 입장에서 말한다. 4막에서 딸을 고소하는 것은 바로 딸의 영혼의 구제에 대한 이러한 연관성에서 일어나기 때문에 쉴러는 의도적으로 티보를 등장시켰다.

11) 부엉이를 말함.

12) 잔 다크는 법정에서 '마법의 나무' 혹은 '마녀의 나무'에 대해서 말한다. 그러나 그녀는 마녀 숭배에 참여했는지에 대해서는 인정을 하지 않았다. 예언에 의하면 프랑스의 구원자는 너도밤나무 숲에서 온다고 했다. 쉴러는 켈트족의 수도자들 사이에 숭배되고 있는 드루이드 나무와 이 모티브와 연결시켰다.

시한 전설을 이야기하곤 했다네, 앙상한 가지에서
가끔 이상한 소리가 들린다고.

　나도 늦은 저녁에 이 길을 가다가 유령 같은 여
자가 여기 앉아 있는 것을 본 적이 있네. 그 여자
는 주름이 넓게 잡힌 옷 사이로 마치 손짓하는 것
처럼 앙상한 손을 천천히 내밀었지. 그렇지만 나는
도망쳐 왔으며 영혼을 신에게 맡겼다네.

래　몽　(교회 안에 있는 성모 마리아상을 가리키면서) 하늘의
평화와 은총의 축복이 넘치는 곳입니다.

　악마의 작품13)이 당신의 딸을 이 곳으로 이끌지
는 않습니다.

티　보　오, 아니야! 아니야! 그것은 꿈속이나 불안한 얼
굴에서 내게 쓸데없이 나타나는 것이 아니네.

　나는 그 아이가 랭스14)에서 우리 왕의 왕좌에
앉아 있는 것을 세 번이나 보았네.

　머리 위에는 일곱 개의 별로 된 반짝이는 왕관,
손에는 세 송이의 흰 백합15)이 피어 있는 것을 보
았다네. 그녀의 아버지인 나와 언니들, 모든 영주,

---

13) 라뺑에 의하면 잔 다크는 성녀 카타리와 성녀 마가렛과 함께 마법의
　나무 곁에 있었지 유령들과 함께 한 것이 아니라고 말하고 있다. 재판
　에서 잔 다크는 반복해서 나쁜 영들과의 관계를 부정했으며 두 성녀들
　의 목소리를 따랐노라 맹세했다.
14) Reims: 이 도시는 카를 10세까지 프랑스왕의 대관식 장소였다.
15) 프랑스 왕가의 방패.

백작, 주교, 왕조차도 그 아이 앞에서 머리를 숙이고 있었다네.

그런 영광이 어떻게 나의 오두막에 올 수 있단말인가? 오, 그것은 하나의 깊은 추락을 의미하네!

경고를 의미하는 이 꿈이 그녀 마음의 헛된 노력을 내게 상징적으로 묘사하고 있는 건 아닌지.

그녀는 자신의 비천함을 수치스럽게 생각하고 있네. — 신이 이 계곡의 모든 소녀들에 앞서 그 아이의 육신을 아름다움으로 장식하고 높은 재능을 주었기에 그 아이는 그렇듯 오만하지.

천사들이 추락하는 것은 오만 때문이며 그 곳에서는 지옥의 영이 인간을 사로잡지.

래 몽   누가 당신의 딸보다 더 겸손하고 덕성스러운 생각을 품고 있겠습니까? 그녀는 언니들을 진심으로 받들지 않습니까? 그녀는 재능이 아주 뛰어난 여성입니다. 그러나 당신은 어려운 의무를 말없이 해내는 그녀를 천한 시녀처럼 보십니다.

그리고 그녀의 손길이 닿는 곳에서는 당신의 양떼와 곡식들이 신기하게 잘 자랍니다.

그녀가 하는 일 주변에는 말할 수 없는 행복이 흘러 나옵니다.

티 보   그래, 그런 것 같아! 이해할 수 없는 행복 — 나는 이 축복이 두렵네!

— 더 이상 그 이야기를 하지 말게. 나는 침묵을 지키겠네. 나는 침묵을 지키고 싶네. 내가 어떻게 내 귀한 자식을 비난한단 말인가? 그 아이에게 경고하고, 그 아이를 위해 기도하는 이외에 나는 아무것도 할 수 없네!

그렇지만 나는 경고해야만 하네, — 이 나무를 저주해라, 혼자 있지 말아라, 한밤에 나무뿌리를 파지 말아라, 어떤 마실 것도 준비하지 말아라, 그리고 모래에 어떤 표시도 하지 말아라. — 영의 왕국은 쉽게 상처 입으며, 그들은 얇은 이불 아래서 누워 기다린다, 그리고 그들은 조용히 귀를 기울이다가 위로 치솟는다.

혼자 있지 말아라. — 황야에서는 사탄의 천사조차도 하늘의 주인이 되었기 때문이다.

제 3 장

베트랑이 손에 투구를 들고 등장한다. 티보. 래몽. 요한나.

래 몽 잠깐만! 베트랑이 시내에서 돌아옵니다. 그가 무엇을 들고 옵니다!

베트랑 놀라시는군요. 내 손에 있는 이상한 물건 때문에 놀라서 보시는군요.

티 보 그러네. 말하게. 어떻게 이 투구를 손에 넣게 되었는지, 자네는 이 평화로운 곳에 나쁜 징조를 가져온 것은 아닌가? (앞 장면에서 조용히 옆에 서 있던 요한나가 관심을 가지고 다가선다.)

베트랑 이것이 어떻게 내 손에 들어오게 되었는지 나 자신도 어떻게 말해야 할지 모르겠습니다. 보쿨레[1]에서 쇠로 된 기구를 샀습니다. 시장에서 사람들이 엄청나게 몰려오는 것을 보았습니다. 오를레앙에서부터 나쁜 전쟁 소식을 가지고 피난민이 막 도착했답니다.

　　전 도시가 소용돌이로 들끓었지요. 내가 이 혼잡함을 뚫고 나서려는 찰나 갈색의 보헤미안 여자가

---

1) Vaucouleurs: 도 레미 근교의 마을.

이 투구를 들고 내게 다가와서는 내 눈을 뚫어져라
쳐다보고는 말했답니다.

친구여, 당신은 투구를 찾고 있군요. 당신이 이
것을 찾고 있다는 것을 나는 알고 있어요. 자! 가
져가세요! 몇 푼 안 주더라도 당신이 사세요 라고
— 나는 그녀에게 말했습니다. 용병에게 가시오,
나는 시골 농부입니다. 투구가 필요없소.

그러나 그녀는 가지 않고 계속 말했답니다. 아무
도 농부는 투구가 필요없다는 말은 할 수 없죠. 이
제는 머리를 위한 쇠로 된 지붕은 돌로 된 집보다
더 가치가 있으니까요 하고.

그렇게 그녀는 골목 내내 나를 쫓아와서는 원하
지도 않는 이 투구를 강매했답니다.

투구가 이렇듯 반짝이고, 아름다워서, 기사의 머
리에나 어울릴 것 같다는 사실을 깨닫고 의심스러
운 듯이 손에 달아 보면서 이상하다고 생각하고 있
을 때 그 여자는 내 시야에서 재빨리 사라졌습니
다.

민중의 물결이 그녀를 휩쓸고 간 거지요. 그리고
투구는 내 손에 놓여 있었습니다.

요한나   (재빨리 열정적으로 투구를 잡으면서) 투구를 제게 주
세요!

베트랑   이것이 당신에게 무슨 소용이 있는지? 이것은 아

가씨들이 머리에 쓰는 장식품이 아닙니다.

요한나 (베트랑에게서 투구를 빼앗는다.) 이 투구는 제 것입니다, 제 거라구요.

티 보 얘가 왜 이러지?

래 몽 그녀의 뜻대로 하도록 놔 두십시오!

그녀의 가슴은 남자의 마음을 받아들이지 않기 때문에 이 전쟁의 장식품은 그녀에게 잘 어울릴지도 모릅니다. 우리들의 양 떼를 황폐화시킨 거친 짐승, 모든 목자들의 적인 하이에나를 잡은 일을 생각해 보십시오.

여린 아가씨가 혼자서 잔악한 입에 양을 물고 달아나는 늑대와 싸워 양을 빼앗았습니다.

이 투구는 용감한 머리 위에 쓰여질 것입니다. 이 투구는 어떤 더 가치 있는 머리도 장식할 수 없을 것입니다!

티 보 (베트랑에게) 말하게나!

어떤 새로운 전쟁의 불운이 일어났는가? 저 피난민들이 어떤 소식을 가져왔는가?

베트랑 신께서 왕을 도우시고 이 나라를 불쌍히 여기시기를!

우리들은 커다란 두 전투[2]로 나뉘어졌습니다.

---

2) Crevaut(1423)와 Verneuil(1424)에서의 전투를 말함. 그러나 이 전투가 직접 오를레앙의 점령으로 이끌지는 못했다.

적이 프랑스 한가운데 있습니다. 르와르까지 모든
땅을 잃었습니다. —

   이제 적은 오를레앙을 포위하기 위해 전력을 다
하고 있습니다.

티 보   왕에게 가호가 있기를!

베트랑   사람들이 사방에서 엄청난 화포를 모아 왔습니다.

벌떼들이 여름날 바구니 주위에 모여들 듯, 검은
하늘에서 메뚜기 구름이 떨어져 수마일 들판을 덮
고 있는 것처럼 전운이 오를레앙의 광야 위로 쏟아
졌습니다.

진영은 이해할 수 없는 여러 언어로 뒤섞여 포효
하기 시작했습니다. 이 나라의 강력한 자인 브루군
트도 전 군대를 이끌고 왔기 때문입니다. 리티히
사람, 룩셈브루크 사람, 나무어에서 온 헨네가우어
사람들 그리고 행복한 브라반트에 사는 사람들, 벨
벳과 비단 속에서 자만하는 겐트 족, 바닷물 위에
고고하게 솟아 있는 제란트에서 온 사람들, 양의
젖을 짜는 네덜란드 사람들, 우트레히트사람들, 북
극을 바라보는 베스트프리스란트에서 온 사람들3)

---

3) die Lütticher 〔...〕 Westfriesland: 브루군트는 당시 쉴러가 서술
하는 모든 나라를 다 소유한 것은 아니었다. 리티히는 독일 제국에 소
속된 주교의 지배를 받은 적도 있었다. Namur는 1429년에,
Hennegau, Holland, Seeland 그리고 Braband는 1430년 브루군
트에 속했다. 베스트프리스란트는 1457년 독일 제국에 항복하기까지

ㅡ

　　그들은 모두 강력한 지배국인 브루군트의 군대를
따르고 있으며 오를레앙을 제압하려고 합니다.

티　보　마음 아픈 불화 때문에 프랑스의 무기가 프랑스
　　를 향해 있다니!

베트랑　늙은 여왕, 거만한 이사보, 바이어의 영주인 그녀
　　가 갑옷을 입고 말을 타고 진영을 돌고 있는 것을 볼
　　수 있습니다.

　　그녀는 독이 든 가시 같은 말로 백성들로 하여금
어미가 품속에 안고 있는 아들한테 분노하게합니
다.

티　보　그녀에게 저주가 있기를! 언젠가 저 오만한 제자
　　벨처럼 신이 그녀를 멸망시키기를!

베트랑　성벽을 파괴한 자인 끔직한 셀리버리[4]가 진영을
　　이끌고 있습니다, 그와 함께 사자의 형 리오넬! 그리
　　고 백성을 전투로 모는 살인적인 총검을 지닌 탈보트.

　　그들은 파렴치한 용기로 모든 아가씨들을 욕되게
하고 총검을 휘두를 것을 맹세했습니다. 그들은 도
시를 점령하기 위해 네 개의 높은 전망대를 세웠습
니다. 그 위에서 잘리버리 백작은 살기 어린 눈빛

독립국가였다. 카를 5세는 베스트프리스란트를 브루군트와 합쳤다.

4) Salibury: 영국 군대의 지휘관인 Thomas Montagu, Earl of
　　Salibury는 1428년 점령이 시작되자 살해되었다.

으로 염탐을 하며 골목길을 서둘러 가는 사람들을 헤아립니다.

수천의 탄약이 짐차에 실려 도시 안으로 들어왔으며 교회는 파괴되고 노틀담의 탑은 고귀한 머리를 숙이고 있습니다.

그들은 화약고를 파묻었고 불안한 도시는 폭음과 함께 터질 그 시간을 기다리면서 지옥위에 서 있습니다.

(요한나는 긴장하여 듣다가 투구를 머리 위에 쓴다.)

티 보 적이 그렇게 휘저으면서 전진하기까지 도대체 용감한 검들은 어디에 있는지, 쌩트라이에5), 라 이르 그리고 프랑스 용장인 바스타르.

도대체 왕은 어디에 있으며 왕국의 고난과 몰락을 한가로이 보고만 있는가?

베트랑 그는 시농에서 궁정을 지키고 있습니다, 백성에게 문제가 있습니다, 그는 전쟁터를 지킬 수도 없습니다.

군대가 두려움에 떠는데 지도자의 용기, 영웅의 힘이 무슨 소용이 있습니까? 신에 의해 보내진 듯한 두려움이 가장 용감한 사람들의 마음조차 사로

---

5) Saintrailles: Poton de Saintrailles는 초기에는 점령당한 오를레앙에 체류했다. 뒤늦게 Chinon에 있는 왕에게 왔으며 그 곳에서 요한나와 함께 돌아갔다.

잡았습니다.

영주들의 명령은 아무 소용없이 울려 퍼집니다.

늘대의 울부짖음이 들리면 양들이 불안해서 움추려드는 것처럼 프랑켄 인은 옛 명성을 잊고 성의 안전만을 찾습니다.

단 한 명의 기사만이 나약한 군대를 모아 열여섯 개의 깃발을 들고 왕에게 가고 있다는 이야기를 들었습니다.

요한나 (재빨리) 그 기사가 누구예요?

베트랑 보드리쿠어. 그렇지만 그는 두 군대를 이끌고 그를 쫓는 적의 정보를 알지 못하고 있소.

요한나 그 기사가 어디에 있는지요? 알면 말해 주세요.

베트랑 보쿨레에서 하루 정도 멀리 못 갔을 것이오.

티 보 네가 알아서 무엇하니! 아가야, 너한테 어울리지 않는 질문을 하는구나.

베트랑 이제 적은 너무나 강력하고, 왕으로부터는 어떤 보호도 기대할 수 없기 때문에 그들은 보쿨레에서 협의하여 브루군트에 자신을 넘기기로 결정했습니다.

그렇게 되면 우리들은 낯선 통치를 받지 않고 옛 왕의 혈통에 머물게 될 것입니다. — 브루군트와 프랑스가 화해를 하면 어쩌면 우리들은 옛 왕관으로 되돌아갈지도 모릅니다.

요한나 (흥분하여) 조약할 것도 없어요! 넘겨줄 것도 없어요! 구원자가 다가옵니다, 그는 전쟁을 준비하고 있어요.

오를레앙 앞에서는 적의 행운이 틀림없이 좌절될 거예요, 그것이 바로 적의 한계죠. 적은 곧 꼬리를 내릴 겁니다.

처녀가 낫을 들고 올 것이며 적의 오만의 씨앗을 베어 버릴 거예요. 적이 높은 별까지 매달은 영광을 처녀는 하늘에서 끌어내릴 것입니다.

낙담하지 마세요! 도망치지 마세요! 보리가 누렇게 되기 전에, 달이 차기 전에 어떤 영국 말도 도도히 흐르는 르와르 강물을 마시지 못할 거예요.

베트랑 아! 기적이 일어날 수 있다면!

요한나 기적이 일어날 거예요. ─ 하얀 비둘기[6]가 날고 독수리의 용맹으로 조국을 갈기갈기 찢는 이 맹수를 공격할 거예요.

그들은 배신자인 오만한 브루군트, 거대한 탈보트, 신전 모독자인 잘리버리와 버릇없는 섬사람들을 양 떼를 몰아 내듯 내몰거예요.

주님은 그녀와 함께 있을 거예요. 전투의 신말입니다.

그는 자신의 떨고 있는 창조물을 선택할 것이며

─────────────

6) 라뺑에 의하면 잔 다크를 화형시킨 불꽃에서 순결의 표시로 하얀 비둘기가 날아오르는 것을 보았다고 함.

연약한 처녀를 통해 찬미할 것입니다, 그는 전지
전능한 분이니까요.

티 보 귀신이 들렸느냐?

래 몽 그녀를 그렇듯 전투적으로 고무하는 것은 이 투
구입니다. 당신의 딸을 보십시오. 그녀의 시선은 빛나
며 뺨은 열기로 환하게 타오릅니다!

요한나 이 왕국이 멸망해야만 하는지요? 영광의 나라,
영원한 태양이 돌면서 보는 가장 아름다운 나라, 신이
자신의 눈처럼 사랑하는 이 나라가 낯선 백성의 사슬
을 참아야 하는지요!

— 이 곳에서 이교도들의 힘이 좌절되었습니
다[7]. 이 곳은 은총의 상, 첫 십자가가 들어올려진
곳입니다. 이 곳에는 성 루드비히[8]의 유골이 쉬고
있으며, 이 곳에서부터 예루살렘이 정복되었습니
다.

베트랑 (놀라서) 그녀의 말을 들어 보시오! 어디선가 그
녀가 높은 계시를 얻었는지 — 요한나의 아버님!

요한나 우리들은 자신의 왕들을 더 이상 가져서는 안 되
다니, 어떤 토착의 주인도 —

---

7) 훈족은 451년 카타라운 전투에서, 아랍 사람들은 732년 프와티어 근
교 전투에서 패하였는데 이를 말함.
8) Ludwig 9세를 말함. 1270년에 북아프리카에서 사망했으며 그 후 시
체를 프랑스로 인양하고 Bonipatius 8세가 1297년 그를 성자로 봉했
다.

결코 죽지 않는 왕9)이란 이 세상에서 사라져야
하다니 — 성스러운 쟁기를 보호하는 왕, 가축 떼
를 보호하고 땅을 비옥하고 만드는 왕, 예속 된 노
예를 자유로이 이끄는 왕, 자신 왕좌 주변의 도시
들을 기쁘게 만드는 왕,

약자의 편에 서고 나쁜 사람을 놀라게 하는 왕,

가장 위대한 자이기에 질투를 모르는 왕, 하나의
인간이며 적개심에 찬 지상에서 자비의 천사인 왕,
— 황금으로 빛나는 왕들의 옥좌는 버림받은 자의
지붕이기 때문이지요.—

여기에 권력과 자비가 있어요. — 죄지은 자는
떨고 있으며 정의로운 자는 다가옵니다. 그리고 왕
좌 주변의 사자들과 장난을 칩니다!

조상의 유골이 이 땅에 묻혀 있지 않은 외부에서
오는 낯선 왕이 어떻게 이 나라를 사랑할 수 있습
니까?

우리들의 청소년들과 함께 자라지 않았으며, 우
리들의 말이 가슴에 울려 퍼지지 않는 낯선 왕이
어떻게 아들들의 아버지일 수 있습니까?

티 보 프랑스와 왕에게 신의 가호가 있기를! 우리들은
평화스러운 농민들이야. 검을 다룰 줄도, 전마를 달릴

---

9) 죽지 않는 왕이란 선왕이 죽을 때 한 "Le roi est mort, vive le roi
선왕은 죽었다, 국왕 만세!"라는 말을 의미함.

줄도 모르지. — 누군가가 왕에게 승리를 가져다 주기
를 조용히 기다려 보자.

전쟁의 행운은 신의 판결이며, 성스러운 세례를
받고 랭스에서 왕관을 쓰는 자가 우리들의 주인이
지.

— 일하러 가거라! 가라! 그리고 각자 가장 우선
적인 것만 생각하라! 위대한 사람들, 지상의 영주
들이 지상을 소유하도록 내버려 두자,

우리들은 조용히 파멸을 바라볼 수 있을 것이야,
우리가 세운 땅은 광풍에도 단단히 서 있기 때문이
지.

화염은 우리 마을을 불태워 버리고 씨앗은 말발
굽 아래 으깨어지는구나, 새로운 봄이 새 씨앗을 가
져올 것이다, 가벼운 오두막은 빨리 생겨날 것이다!

제 4 장

요한나 혼자서.

산들이여, 사랑하는 가축 떼들이여, 슬프도록 조용한 계곡들이여, 잘 있거라!1)

요한나는 이제 더 이상 너희들에게 오지 못할 것이다. 요한나는 너희들에게 영원히 안녕이라는 말을 하노라.

내가 물을 주던 초원들이여! 내가 가꾼 나무들이여, 기쁘게 자라거라! 동굴들 그리고 차가운 샘물이여, 잘 있거라!

내 노래에 답을 하던 계곡의 성스러운 목소리인 메아리여, 요한나는 가고 다시는 오지 못할 것이다! 나는 기쁨의 이 모든 장소를 영원히 뒤로 하고자한다!

초원 위에는 너희 양들이 흩어져 있구나, 너희는 이제 목자 없는 양 떼들이다, 피비린내 나는 위험한 들판에서 나는 다른 가축 떼를 방목해야만 하노라.

---

1) 요한나의 독백은 소포클레스 작품에서 Lemons라는 섬에서 작별하는 Philoktet와 오시안의 Carrik-Thura를 상기시켜 준다.

영의 부름이 내렸다. 지상의 헛된 욕망은 나를
몰지 못한다.

호르베의 언덕, 불을 뿜는 숲 속에서 모세 옆에
앉았으며 그리고 한때 신앙심이 깊은 소년 이사
야2)를 투사로 골라 파라오 앞에 서게 명령한 그,
늘 목자들에게 은총을 베푸는 그가 이 나뭇가지에
서 나에게 말했기 때문이다.

"떠나거라! 지상에서 나를 위해 증언해야 한다.

너는 거친 금속 옷을 입어야 한다. 금속으로 너
의 연약한 가슴을 덮어야 한다. 어떤 남자의 사랑
도 너의 마음에 담아서는 안돼. 신부의 화관은 너
의 곱슬머리를 텅 빈 지상의 욕망의 죄 많은 불꽃
으로 장식하지는 않을 것이야.

어떤 귀여운 아이도 너의 가슴에서는 피어나지
않을 것이야. 그렇지만 나는 모든 지상의 여자들
앞에 너를 전쟁의 명예로 선포할 것이다.

전쟁에서 가장 용감한 자들이 낙담하고, 프랑스
의 마지막 운명이 다가오면 너는 나의 적색 왕기3)
를 들고 손빠른 수확자가 씨앗을 베듯 오만한 정복
자를 때려 눕힐 것이다. 정복자의 행운의 바퀴를

---

2) 데비드 David를 말함. 데비드는 이사야의 아들이었다.
3) Oriflamme: 황금불꽃. 여기서는 전쟁 때 사용한 황금 수술이 달리고
   붉은 비단으로 된 기.

뒤엎고 프랑스의 영웅의 아들에게 구원을 가져올
것이다. 랭스를 해방시키고 너의 왕에게 왕관을 쓰
게 할 것이기 때문이다."

하늘이 내게 어떤 지시를 보냈다. 하늘은 나에게
투구를 보냈고 그 투구는 하늘에서 온 것이다. 하
늘의 쇠가 신의 힘으로 나에게 닿으며 천사들4)의
용기가 나를 타오르게 한다. 그것은 나를 전쟁의
혼란 속으로 잡아채려 하며 광풍의 광란과 함께 나
를 끌고 간다.

힘차게 밀려오는 함성소리가 들린다. 군마가 뛰
어 오르고 트럼펫이 울린다. (요한나가 퇴장한다.)

---

4) Cherubim: Cherub(히브리어, 그리스어, 라틴어)의 복수. 천국를
   지키는 수문장. 원래는 인간의 모습을 한 날개 달린 기적의 동물임.

제 1 막

시농에 있는 카를 왕의 진영.

제 1 장

뒤노아와 뒤 샤텔.

뒤노아 아니, 나는 더 이상 참을 수가 없네. 수치스럽게 스스로를 버린 왕에게서 벗어나겠소. 도둑들이 검으로 프랑스 왕국을 나누고, 우리들이 아무것도 하지 않고 조용히 구조의 고귀한 시기를 낭비하는 동안에 왕정과 함께 전통의 이 고귀한 도시들이 적에게 녹 쓴 열쇠들을 넘겨 주다니. 이를 보는 내 가슴은 찢어질 것만 같으며 뜨거운 눈물을 흘리고 싶네.

— 나는 오를레앙이 위협을 받고 있다는 소리를 듣고 날아왔네, 먼 노르만디[1]에서 이 곳으로.

왕이 전투 준비를 하고 군대의 선두에 서 있으리라 생각했는데, 내가 본 그는 — 여기서! 마치 왕국에는 깊은 평화가 지배하는 것처럼 요술쟁이와 트루바도아[2]에 둘러싸여 억지 수수께끼나 풀고 소

---

1) 실제로 영국인들은 노르만디를 점령하고 있었다. 역사상의 뒤노아는 이미 오래 전부터 오를레앙에 와 있었다.
2) Troubadours: 남프랑스 지방의 음유 시인. 중세 프로방스 민네장의 프로방스식 표현.

렐에게 우아한 성이나 선물하고 있다니.

코네타불3)은 떠나려하오. 그는 혐오를 더 이상
바라 볼 수가 없었겠지. ─ 나도 왕을 떠나겠소.

그리고 그를 나쁜 운명에 넘기려 하노라.

뒤 샤텔   저기 왕이 오십니다!

---

3) Connetable: 14세기부터 영국과 프랑스에서 원수(총사령관)를 칭하
   는 말임. 1627년 이래로 이 단어는 더 이상 사용되지 않았다. 여기서
   는 오를레앙이 점령되기 전에 이미 왕과 뜻이 맞지 않았던 Arthur
   Graf Richemond를 말한다.

제 2 장

카를 왕이 앞선 두 사람에게.

카 를 코네타블이 그의 검을 돌려 보내고 나에게 사임
할 것을 통고하다니 — 이럴수가!

　융통성 없이 그렇게 지배하려고만 한 무뚝뚝한
남자에게서 우리들은 이렇게 벗어나는구나.

뒤노아 한 남자는 이렇게 고귀한 때에는 훨씬 더 가치가
있습니다, 나는 그를 가벼운 생각으로 잃고 싶지 않습
니다.

카 를 자네는 단지 반대하려는 생각에서 그렇게 말하는
군, 그가 있는 동안 자네는 그의 친구가 아니었지 않
은가.

뒤노아 그는 오만하고 불쾌할 정도로 엄청난 바보였습니
다, 그리고 끝낼 줄을 몰랐습니다. — 그러나 이번에
그는 그것을 알고 있습니다. 그는 더 이상 명예를 가
져올 수 없는 적당한 시간에 떠날 줄 압니다.

카 를 자네는 기분이 좋은 것 같군, 그런 자네를 방해하
고 싶지 않네. — 뒤 샤텔! 늙은 왕 레네4)의 사신들
이 왔네, 노래의 대가들이며 유명한 사람들이네. 그들

을 잘 대접해야 하네. 그리고 모두에게 황금 고리를
주도록 하라. (바스타르에게) 왜 웃는가?

뒤노아 당신이 당신의 입으로 황금 고리라는 말씀을 하
시기에.

뒤 샤텔 폐하! 당신의 보고에는 돈이 한푼도 없습니다.

카 를 구하도록 하라. ─ 고귀한 가수들이 대우를 받지
못 한 채 우리 궁정을 떠나서는 안 되네.

그들은 메마른 궁흘을 꽃피게 하고, 죽지 않는
생명의 푸른 가지로 열매를 맺지 못하는 왕관을 엮
으며 통치자들처럼 군림하며, 가벼운 바람으로 왕
좌를 세우지.

그들의 무고한 왕국은 공간 속에 있는 것이 아니
네, 그 때문에 가수는 왕처럼 대접 받아야 하네.
왕과 가수는 고귀한 인간성 위에 살고 있다네!

뒤 샤텔 나의 왕이시여! 나는 충고와 도움이 있는 동안
은 당신의 귀를 막았습니다. 그렇지만 마침내 궁핍이
나의 혀를 풉니다.

─ 당신은 선물할 것이 아무것도 없습니다. 아!
당신은 더 이상 아무것도 없습니다. 내일이면 당신

---

4) Rene: 프로방스의 백작을 지칭한다. 그의 아버지와 형들은 나폴리의
왕이었으며 형이 죽은 다음 왕국을 이어받아 프로방스의 시와 사랑의
궁정을 재현하려고 했으나 실패했다. 그 후 그는 같은 낭만적인 생각을
가진 아내와 양을 치는 목자가 되었다.

이 어떻게 살아야 할지!

　부의 높은 파도는 녹아 없어졌습니다. 깊은 썰물
이 당신의 보고 속에 있습니다. 군대에는 급료를
지불하지 못했습니다, 그들은 떠나겠다고 위협을
하고 있습니다. — 당신의 왕궁조차도 화려하지 않
으며 궁핍하게 지탱해 나갈 뿐입니다.

카 를　왕의 연공을 저당잡혀라, 전당포5)로부터 돈을 빌
리도록 하라.

뒤 샤텔　폐하, 당신 왕실의 수입과 당신의 연공은 이미
삼 년치를 저당잡혔습니다.

뒤노아　그런 식으로 저당물과 나라는 사라지고 있습니
다.

카 를　아직도 부유하고 아름다운 나라들이 많이 남아있
네.

뒤노아　그것이 신의 마음에 들고 탈보트의 검이 원한다
면! 오를레앙을 빼앗기면 당신은 당신의 레네 왕과 함
께 양을 칠 것입니다.

카 를　자네는 이 왕에게 끊임없이 농담을 하는군, 오늘
나를 왕으로 대접한 사람은 바로 이 나라 없는 영주
네.

뒤노아　나폴리의 그의 왕관만 가지고서는 안 됩니다. 절

---

5) Lombarden: 당시 미라노와 제네바 사람들이 특히 큰 전당포를 가지
　고 있었다.

　　대 안 됩니다! 그가 양 떼를 방목한 이래로 그 왕관은
　　매물이라는 이야기를 들었기 때문이지요.

카 를　　그것은 이 야만적인 현실 속에서 죄 없는 순수한
　　세상을 만들려는 그 자신에게 하는 농담이며 재미있
　　는 놀이이며 축제일쎄. 그렇지만 그가 뭔가 위대하고
　　왕다운 것을 원한다는 사실 —

　　　그는 부드러운 구애가 지배했으며 사랑이 기사들
　　의, 위대한 영웅의 가슴을 부풀게 하던 그 옛 시대,
　　고귀한 여인들이 법정에서 부드러운 생각으로 모든
　　예민한 것을 조정하던 그 옛 시대의 재현을 원하지.

　　　밝은 노인은 아직도 그 시대 속에 살고 있으며
　　아직도 옛 노래 속에 살아 있는 그 시대를 황금 구
　　름 속에 있는 하늘의 도시처럼 지상으로 갖다 놓으
　　려 하네. —

　　　그는 고귀한 기사들이 순례하고, 순결한 여자들
　　이 화려하게 왕좌에 앉아 있으며, 순수한 구애가
　　다시 재현되는 사랑의 궁정[6]을 설립했네. 그리고
　　그는 나를 사랑의 영주로 선택했다네.

뒤노아　　나는 사랑의 통치를 수치스럽게 할 정도로 타락
　　하지는 않았습니다.

　　　나는 그 사랑의 통치를 모범으로 삼고 있습니다.

---

6) 쉴러는 본래 요한나를 프랑스 민네가인과 연관성을 지으려 했다.

나는 그의 아들입니다. 나의 모든 유산은 그 사랑의 왕국에 있습니다. 나의 아버지는 오를레앙의 왕자였습니다. 어떤 여인의 마음도 그를 사로잡지 않은 적이 없습니다. 그러나 어떤 적의 성도 그에게는 탄탄하지 못했습니다.

그대, 사랑의 영주가 스스로를 품위있다고 말하기를 원하신다면, 용감한 자 중에서 가장 용감한 자 일 것입니다!

내가 저 옛 책에서 읽은 바에 의하면, 사랑은 늘 높은 기사도로 결합되어 있었으며 양치기가 아니라 영웅들이 원탁7)에 앉아 있었다고 사람들은 내게 가르쳤습니다.

아름다움을 용감하게 보호할 수 없는 자는 아름다움의 황금 같은 가치를 얻지 못합니다. ─ 이 곳은 싸움터입니다! 당신 아버님의 왕관을 지키기 위해 투쟁하십시오!

당신의 재산과 고귀한 주인들의 명예를 기사의 검으로 방어하십시오. ─

그리고 당신은 적의 피의 강물에서 조상 전래의

---

7) Tafelrunde: 아르투스왕의 원탁을 말함. 계약 내지는 계약을 맺는 것을 말함. 1782-1785년 요한 야콥 보드머 Johann Jacob Bodmer와 크리스토프 하인리히 밀러 Christoph Heinrich Myller는 독일 아르투스-문학을 널리 보급시켰다.

왕관을 정복했습니다. 그러면 이제 사랑의 화관으
로 관을 쒸울 시간이며, 이것은 당신에게 당당하며
잘 어울립니다.

카 를 (안으로 들어오는 기사의 시종에게) 무슨 일인가?

기사의 시종 오를레앙의 시의원들이 뵙기를 청원합니다.

카 를 안으로 모셔라. (시종이 퇴장한다.) 그들이 도움을
청하면 스스로 도움이 필요한 내가 무엇을 할 수 있겠
는가!

제 3 장

세 명의 시의원들이 앞선 사람들에게로.

카 를   오를레앙에서 온 나의 성실한 시민들을 환영하노
라! 나의 선량한 도시는 어떠한가? 점령군에 맞서 용
기를 가지고 전진하는지?

시의원   아, 폐하! 최악의 고난이 밀려오며 파멸이 시시
각각 도시로 밀려옵니다.

외벽은 파괴되고 적은 매번 침입해올 때마다 새
로운 땅을 획득합니다. 성벽은 벌거숭이가 되었습
니다, 군대는 끊임없이 싸우면서 전사하기 때문이
지요,

고향의 문을 다시 보는 사람은 거의 없습니다.
기아와 불만이 도시를 위협하고 있습니다. 그 때문
에 이 극도의 고난 속에서 명령을 하고 있는 로헤
삐에르의 고귀한 백작은 적과 협약을 했습니다, 옛
관습에 따라 십이일 내에 이 도시를 구할 충분한
군대가 전쟁터에 나타나지 않으면 항복하겠노라고.
(뒤노아는 분노로 격렬한 몸짓을 한다.)

카 를   시간이 없구나.

시의원　적의 안내를 받아 우리들은 당신에게 청원하러왔
　　　습니다. 이 도시에 자비를 베푸시어 이 기간 내에 도
　　　움을 주시기를 청원하러 왔습니다. 그렇지 않으면 십
　　　이일째 되는 날 백작은 이 도시를 넘겨 줄 겁니다.

뒤노아　상례일이 그런 수치스러운 계약에 동의하다니!

시의원　아닙니다, 폐하!
　　　　용감한 자가 살아 있는 동안에는 평화니 양도니
　　　하는 말이 결코 있을 수 없었지요.

뒤노아　그렇다면 그가 죽었단 말인가!

시의원　고귀한 영웅은 우리들의 성벽에서 왕을 위하여
　　　전사했습니다.

카　를　쌩트라이에가 죽다니! 오, 단 한 명 때문에 나의
　　　군대가 가라앉다니!

　　　　(기사 한 명이 와서 바스타르와 나직하게 몇 마디하자
　　　바스타르는 놀라서 펄쩍 뛴다.)

뒤노아　아니 또 그런 일이!

카　를　왜, 무슨 일인가?

뒤노아　두글라스 백작의 전언입니다. 스코틀란드 백성들
　　　이 분노하여 오늘 지원을 받지 못하면 군대를 빼내겠
　　　답니다.

카　를　뒤 샤텔!

뒤 샤텔　(어깨를 으쓱하면서) 폐하! 어떤 충고를 드려야 할
　　　지 모르겠습니다.

카 를 약속하라, 자네가 가지고 있는 것을 저당잡혀라, 나의 제국의 반을.

뒤 샤텔 아무런 도움이 되지 않습니다! 그들은 너무 자주 헛된 희망을 가졌습니다.

카 를 그들은 나의 사단 중에서 가장 훌륭한 군대요! 그들은 지금 나를 떠나서는 안 돼, 지금은 안 된다네!

시의원 (한 쪽 다리를 굽혀)

   왕이시여 우리를 도우소서! 우리들의 고난을 생각하소서!

카 를 (절망에 가득 차) 내가 군대를 즉석에서 만들 수 있는가?

   곡식알이 나의 편편한 손바닥에서 자라나는가?

   나를 죽이시오, 내 가슴을 갈기갈기 찢으시오,

   황금 대신에 그것으로 돈을 만드시오! 당신들을 위해 피를 가지고 있소, 그러나 은전 한 푼 없소, 군인도 없소! (카를 왕은 소렐이 들어오는 것을 보고 팔을 활짝 벌려 그녀를 급히 맞아들인다.)

제 4 장

아그네스 소렐이 작은 상자 하나를 손에 들고 앞선 사람들에게로.

카　를　오, 나의 아그네스! 나의 사랑하는 생명이여!
　　　　나를 절망에서 꺼내기 위해 당신이 오는군!
　　　　내게는 당신이 있소, 나는 당신의 가슴 속으로
　　　　도피하오, 아무 것도 잃지 않았소, 당신은 아직도
　　　　나의 것이니까.

소　렐　나의 값진 왕이시여!
　　　　(불안하게 탐색하는 듯한 시선으로 주변을 돌아보면서)
　　　　뒤노아! 사실인가요?
　　　　뒤 샤텔?

뒤 샤텔　유감스럽게도!

소　렐　고난이 그렇게 심한가요?
　　　　급료가 모자란다구요? 군대가 퇴거하려 한다구
　　　　요?

뒤 샤텔　유감스럽게도 그렇습니다!

소　렐　(뒤 샤텔에게 작은 상자를 내밀면서) 여기, 여기 황금
　　　　이 있습니다, 여기 보석이 있습니다. - 나의 은을 녹

이십시오. - 파십시오, 나의 성들을 저당잡히시오.
- 프로방스에 있는 나의 재산을 빌려주시오. - 모든
것을 돈으로 만들어 군대를 만족시키시오. 서두르시
오! 시간이 없습니다! (뒤 샤텔을 앞으로 몬다.)

카 를   뒤노아? 뒤 샤텔! 나는 모든 여성들의 왕관을 소
유하고 있네, 그런데도 가난한가? 그녀는 나처럼 고
귀하며 왕의 혈통이오, 발로와의 혈통조차 그보다 더
순수하지 않으며 그녀는 세상의 첫 왕좌를 장식할 수
있을 것이오. - 그렇지만 그녀는 그 왕좌를 물리치고
있소.

그녀는 나의 사랑이기만을 원한다오. 그녀는 매
번 내게 값비싼 선물, 겨울의 첫 꽃이나 귀한 과일
보다 더 값진 선물을 주었소! 그녀는 내게 어떤 희
생도 요구하지 않으며 내게 모든 것을 가져다 주고
있소!

그녀는 자신의 부와 재산을 나의 가라앉는 행운
을 위하여 너그럽게 바치고 있소.

뒤노아   네, 그녀는 당신처럼 미쳤습니다. 당신들은 모든
것을 불타는 집 안으로 던지고 있습니다. 다나이덴[1]
의 통에 물을 퍼붓고 있습니다.

그녀는 당신을 구할 수 없을 것이며 다만 당신과

---

[1] 첫날밤에 각자의 남편을 죽인 죄로 지옥에서 구멍이 난 통에 쉬지 않
고 물을 퍼 넣는 벌을 받은 희랍 다노스신의 오십 명의 딸.

함께 자신을 멸망시킬 것입니다. —

소 렐   그의 말을 믿지 말아요!

그는 당신을 위해 자신의 생명을 열 번도 더 바쳤으면서 내가 나의 재산을 바치려는 사실에 화를 내고 있어요.

왜 그러지? 내가 당신에게 금과 진주보다 더 귀중한 모든 것을 기꺼이 희생하지 않았던가요, 이제 나를 위하여 나의 행복을 지켜야만 하나요?

어서요! 삶의 모든 필요없는 장식품을 우리들에게서 던져 버리게 하세요! 당신에게 거절의 고귀한 본보기를 보여 주게 해 주세요!

당신의 궁정을 군인으로 바꾸시고, 당신의 황금을 쇠로 만드십시오. 당신이 가지고 있는 모든 것을 당신의 왕관을 위해 결심하고 던지십시오!

어서요! 어서요! 부족함과 위험을 나눠요! 전마에 오릅시다, 연약한 몸을 태양의 작렬하는 화살에 바칩시다, 우리 위의 구름을 이불로 삼고 돌을 베개로 삼읍시다.

거친 전사는 자신의 고통을 끈기있게 참을 것이며 자신의 왕이 가장 가난한 사람처럼 참고 절제하는 것을 보게 될 거예요!

카 를   (미소 지으면서) 클레몽에서 수녀가 내게 예언한 오래된 이야기가 이제 이루어지는군.

한 여자가 모든 적을 이기고 나를 승리자로 만들 것이며 내 조상들의 왕관을 내게 쟁취해 주리라는 말을 어느 수녀가 한 적이 있소.

나는 멀리 적의 진영에서 그 왕관을 찾으려했소, 나는 어머니와 화해하기를 원했소, 나를 랭스로 이끄는 여걸이 이제 여기에 서 있소, 나의 아그네스의 사랑을 통해 나는 승리할 것이오!

소 렐 당신은 당신 친구의 용감한 검을 통하여 승리할 거예요.

카 를 적의 불화에서도 나는 많을 것을 기대하고 있소 — 이 오만한 영국의 경과 나의 브루군트 사촌 사이에 모든 것이 전과 같지 않다는 확실한 정보가 있기 때문이오. — 그래서 나는 공작에게 라 이르를 사신으로 보냈소,

분노한 상류귀족을 옛 의무와 충성으로 되돌리는 일이 성공할지 어떨지, 나는 그가 도착하기를 매 시각 기다리고 있소.

뒤 샤텔 (창가에서) 기사가 막 궁정 안으로 달려오고 있습니다.

카 를 어서 오너라, 사신이여! 우리가 굴복할지 승리할지 이제 곧 알게 되겠지.

제 5 장

라 이르가 앞선 사람들에게로.

카 를 (라 이르를 향하여) 라 이르! 희망인가 아니면 그렇
지 않은 소식인가? 간단하게 설명하라. 어떤 소식인
가?

라 이르 당신의 검 외에 더 이상 아무것도 기대하지 마
십시오!

카 를 오만한 공작이 화해를 하지 않겠다는 거군! 오,
말하라! 그가 나의 전갈을 어떻게 받아드렸는가?

라 이르 무엇보다도, 당신의 전갈을 듣기도 전에 그는 자
신의 아버지의 살인자라고 부르는 뒤 샤텔을 넘겨 줄
것을 요구했습니다.

카 를 그렇다면, 우리들이 이 수치스러운 조건을 거부할
수 있단 말인가?

라 이르 그러면 동맹은 시작되기 전에 깨어질 것입니다.

카 를 내가 자네에게 명령했듯이 그의 아버지가 전사한
몬테로 다리 위에서 나와의 전쟁을 요구했는가?

라 이르 나는 그에게 당신의 장갑을 던지고 말했습니다.
당신은 당신의 고귀함을 보여 주고 기사로서 당신의

왕궁을 위해 싸우려 한다고.

그렇지만 그는 자신이 이미 소유하고 있는 것을 위해 싸울 필요는 결코 없노라고 말했습니다. 전쟁이 하고 싶으면 당신은 그를 오를레앙에서 만날 수 것입니다. 내일 그 곳으로 가겠노라고 했습니다. 그랬더니 그는 웃으면서 내게 등을 돌렸답니다.

카 를 정의의 순수한 목소리가 의회에서 일어났는가?

라 이르 당의 분노 때문에 그런 소리는 없습니다. 의회의 결정은 왕좌의 상실을 선고했습니다, 폐하와 폐하의 일가에게.

뒤노아 주인이 된 시민의 못난 오만!

카 를 내 어머니에게는 아무것도 시도해 보지 않았는가?

라 이르 당신의 어머니에게?

카 를 그래! 무엇이라 말하던가?

라 이르 (잠시 생각한 다음) 제가 성 데니[1]에 들어섰을 때 마침 대관식 축제가 있었습니다. 영국 왕이 지나가는 길마다 개선문이 세워 져 있었습니다, 파리 사람들은 승리를 축하하기 위해서 장식을 하고 있었습니다.

길에는 꽃이 뿌려져 있었고 마치 프랑스가 가장 아름다운 승리를 얻은 것처럼 민중은 마차 주변으

---

1) Sant Deni: 13세기 말 순교를 한 파리의 첫 주교. 프랑스의 수호 천사의 이름을 딴 파리근교의 도시.

로 뛰어 올랐습니다.

소 렐   그들은 환호성을 질렀습니다. - 사랑에 충만한
    왕의 가슴을 감동시킬 정도로 환호성을 질렀습니다!

라 이르   나는 어린 하리 렌체스터[2], 그 소년이, 성 루드
    비히의 왕좌에 앉아 있고, 그의 오만한 숙부 베드포드
    와 글로체스터가 그 옆에 서 있는 것을 보았습니다.
    필립 공작은 왕좌에 무릎을 꿇고 그의 나라들을 대신
    하여 서약을 했습니다.

카 를   오, 명예를 잊은 귀족! 품위 없는 사촌이여!

라 이르   아이는 왕좌가 있는 높은 계단을 오를 때 불안
    해 하고 발을 헛디디었습니다.

        나쁜 징조!라고 백성들이 중얼거렸습니다. 날카
    로운 웃음소리가 일어났습니다. 그 때 당신 어머니
    이신 늙은 여왕이 들어서고 -나를 분노케 하는 말
    을!

카 를   그래서?

라 이르   그녀는 그 소년을 팔에 안아 직접 그를 당신의
    아버지의 의자에 안쳤습니다.

카 를   오, 어머니! 어머니!

라 이르   살인에 습관이 된 무리들, 분노하는 브루군트사
    람들조차도 이것을 보자 수치로 얼굴이 붉어졌습니다.

---

2) Harry Lancaster: 하인리히 6세를 말함.

그녀는 그것을 알고 백성을 향하여 큰 목소리로
외쳤습니다. 내가 순수한 가지를 병든 줄기에 접붙
이고, 정신이 돈 아버지의 잘못 태어난 아들 앞에
서 너희들을 지키고 고귀하게 하는 것에 대해 프랑
스 사람들은 내게 고마워하라!하고. (왕은 얼굴을 감
싸고 아그네스는 급히 왕에게로 가서 왕을 팔에 안는다. 서
있던 모든 사람들은 놀라움과 두려움을 나타낸다.)

뒤노아　암 늑대! 분노로 펄펄 뛰는 독부!

카 를　(잠시 후 시의원에게) 이 곳이 어떤 상황인지 자네
들은 들었겠지. 오래 머물지 말고 오를레앙으로 되돌
아가시오. 그리고 나의 성실한 도시로 가 전하시오.

　　나를 배반하는 맹세 때문에 나는 오를레앙을 떠
난다고. 내 어머니는 자신의 안녕을 고려해서 브루
군트의 은총에 항복했을지도 모르오. 브루군트는
좋은 사람이라고 하니 그는 인간적일 것이오.

뒤노아　무엇이라고요, 폐하! 오를레앙을 떠나시겠다니!

시의원　(무릎을 꿇는다.) 나의 왕이시여! 우리에게서 당신의
손을 빼지 마십시오! 당신의 성실한 도시를 영국의 가
혹한 통치 아래 넘기지 마십시오.

　　이 도시는 당신 왕관에 있는 하나의 값진 돌입니
다, 그리고 어느 도시도 왕과, 당신의 조상들에게
신의를 더 성스럽게 지키지 못했습니다.

뒤노아　우리들이 패배했는지요? 이 도시 주변에 또 하나

의 창검이 일어나기 전에 퇴진해도 좋은지요?

한마디로, 피를 쏟기 전에 최고의 도시를 프랑스의 가슴에서 버릴 생각을 하십니까?

카 를 피는 충분히 흘렸소, 그리고 쓸데없이!

하늘의 무거운 손이 나를 향해 있소, 나의 군대는 모든 전투에서 패했으며 나의 의회는 나를 비난하고 나의 수도, 나의 백성은 나의 적을 환호성을 지르면서 받아들이고 있소. 나와 가장 가까운 혈육이 나를 버리고 나를 배반하고 있소. ― 내 친 어머니가 낯선 적의 핏줄을 품에 안고 있소.

― 우리들은 르와르 저쪽으로 가고자 하오, 그리고 영국인들과 함께 있는 하늘의 강력한 손을 피하려고 하오.

소 렐 우리들이 우리 자신을 의심하면서 이 왕국에 등을 돌리는 것을 신은 원하지 않습니다!

이 말은 당신의 용감한 가슴에서 나오지는 않았습니다. 어머니의 부자연스러울 정도로 거친 행동이 나의 왕의 영웅심을 깨뜨렸습니다!

당신은 당신을 다시 발견할 것이며 남성적으로 마음을 가다듬을 것입니다, 당신에게 맞서 잔인하게 싸우는 운명에 고귀한 용기로 맞설 것입니다.

카 를 (우울한 생각에 빠져서) 사실이 그렇지 않소?

어두운 재앙이 발로와 종족을 지배하며, 이 재앙

은 신의 저주이며 어머니의 비행이 복수의 여신 푸
리아를 우리 집안으로 이끌었소.

내 아버지는 이십 년 동안 미쳤었고 세 명의 형
들은 나에 앞서 죽음이 데려갔소, 이것이 하늘의
결론이며 카를 6세[3]의 집안은 몰락하지 않을 수
없었소.

소 렐 당신에게서 그것은 이제 새로이 피어날 것입니
다! 당신 스스로를 믿으십시오. ― 오! 당신의 모든
형으로부터 은혜로운 은총이 당신을 보호하고 막내인
당신을 원치 않는 왕좌로 부른 것은 결코 헛된 것이
아닙니다.

하늘은 당신의 부드러운 영혼 속의 모든 상처를
낫게 할 의사를 준비했습니다.

당신이 민중전쟁의 불꽃을 끌 것이며 평화를 심
고 프랑스의 새로운 설립자가 될 것이라고 저는 생
각합니다.

---

3) 프랑스의 왕 카를 6세(1380-1422)의 정신병으로 인해 1392년부터
여왕 이자보와 황태자(카를 7세) 그리고 코네타불 Armagnac 백작이
프랑스를 통치하고 있었다. 1407년 뒤노아의 아버지인 오를레앙의 루
드비히 공작이 살해되었는데 브루군트의 요한 공작이 이 일을 사주한
것으로 알려져 있다. 그 사이 국내의 혼란한 정세를 틈타 영국과의 백
년전쟁이 일어났다(1328-1435). 프랑스의 당 분쟁은 오를레앙 사람
들에 의한 브루군트의 요한 공작의 죽음으로 끝이 나며 브루군트 추종
자들은 황태자가 이 일을 공모한 것으로, 뒤 샤텔이 이 일을 지휘한 것
으로 책임을 돌리고 영국 편으로 넘어갔다.

카 를 나는 아니오. 거친 강풍에 흔들린 시대는 힘있는
운전자를 요구하오.

나는 평화로운 백성을 행복하게 할 수는 있었을
것이오, 그러나 거칠게 분노한 백성은 다스릴 수가
없소.

증오심으로 내게 문을 닫고 있는 마음을 검으로
열 수는 없소.

소 렐 백성은 눈이 멀고 망상에 사로잡혀 있습니다. 그
렇지만 이 비틀거림은 곧 지나갈 것이며, 프랑켄 인의
가슴 속에 깊이 심어져 있는 정통 왕에 대한 사랑, 두
백성을 영원히 적으로 갈라놓은 옛날의 증오, 질투가
눈을 뜰 날이 멀지 않을 것입니다.

자신의 행복 때문에 오만한 승리자는 패할 것입
니다. 그 때문에 급히 전장을 떠나지 마십시오, 한
발자국도, 당신 자신의 가슴이 오를레앙을 방어하
듯이! 차라리 모든 나룻배를 가라앉게 하고 모든
다리를 불태우십시오, 그 다리는 당신을 당신의 왕
국의 경계선으로, 르와르강의 지옥물4)로 인도하니
까요.

카 를 내가 할 수 있는 것은 다 했소. 나는 나의 왕관을
위해 용감한 전쟁을 선포했소.- 백성들이 전쟁을 거

---

4) Das stygsche Wasser : 지하세계로 가는 지옥물을 건너는 자는 다
시 살아 돌아오지 못한다고 함.

절하고 있소.

나는 헛되이 내 백성의 생명을 소모시키고 나의 도시들은 먼지 속에 가라앉고 있소.

내가 당장 저 기괴한 어머니처럼 나의 아이를 검으로 갈라놓아야 하겠소? 아니, 그 아이가 살도록 나는 그 아이를 포기하려 하오.

뒤노아 이것이 왕이 할 수 있는 말입니까? 왕관을 그렇게 포기합니까? 당신 백성 중에서 가장 나쁜 사람일지라도 재산과 목숨을 자신의 의견, 증오, 사랑에다 겁니다, 시민전쟁의 피비린내 나는 휘장이 내걸리게 되면 모두 가담할 것입니다.

농부는 쟁기를 버리고 여자는 치마를 벗어 던지고, 아이들과 노인들은 무장을 할 것입니다. 당신을 해치기 위해 아니면 당신을 돕기 위해 그리고 자기들의 뜻을 주장하기 위해 백성은 그들 도시에 불을 붙이고 농부는 자신의 손으로 씨앗에 불을 붙일 것입니다. 명예가 부르면, 자신의 신들과 우상을 위해 싸운다면 그는 자신을 아끼지 않을 것이며 어떤 보호도 기대하지 않을 것입니다.

그러니 왕에게 어울리지 않는 이 여성적인 동정은 그만두십시오. — 전쟁이 시작된 것처럼 그렇게 광란을 멈추고 잠잠해지게 하십시오,

당신은 전쟁에 가볍게 불을 붙인 것이 아닙니다.

왕을 위하여 백성은 희생해야 합니다, 그것이 운명
이고 이 세상의 법칙입니다. 프랑켄 사람은 그것을
알지 못하며 달리 알려고 하지 않습니다.

영광을 위해 모든 것을 기꺼이 바치지 않는 국가
란 아무런 가치가 없습니다.

카 를 (시의원에게) 다른 결정은 기대하지 마시오. 신이
그대들을 보호할 것이오. 나는 더 이상 아무것도 할
수 없소.

뒤노아 이제 승리의 신은 당신의 아버지의 왕국에 그랬
듯이 영원히 당신에게 등을 돌릴 것이오. 당신은 당신
자신을 버렸소, 그래서 이제 나도 폐하를 떠나겠소.

영국과 브루군트의 하나 된 힘이 아니라 자신의
소심함이 당신을 왕좌로부터 밀어 냅니다.

프랑스의 왕들은 타고난 영웅입니다, 그러나 당
신은 비전투적으로 태어났습니다.

(시의원들에게) 왕은 자네들을 포기하려 하네. 그
러나 나는 오를레앙에서 내 아버지의 도시를 위해
나를 바치려 하오, 그리고 그 잿더미 아래 나를 묻
겠소.

(뒤노아는 가려고 한다. 아그네스 소렐이 그를 잡는다.)

소 렐 (왕에게) 그로 하여금 화를 내어 당신을 떠나게 하
지 마세요!

그의 입은 거친 말을 하지만 그의 가슴은 황금처

럼 성실하며 당신을 따듯하게 사랑하고 가끔 당신
을 위해 피를 흘리는 바로 그런 가슴입니다.

뒤노아, 어서요! 고귀한 분노의 열기가 당신으로
하여금 그렇게 말하게 했노라고 고백하세요 - 성
실한 친구의 격렬한 말을 용서하세요!

오 제발, 제발! 재빠른 분노가 불붙기 전에 빨리
화해하세요!

(뒤노아는 왕을 응시하고 대답을 기대하는 것 같다.)

카 를 (뒤 샤텔에게) 우리들은 르와르 강을 건너가겠소.
내 짐을 배편으로 보내시오!

뒤노아 (소렐에게 재빨리) 잘 계시오!

(빨리 몸을 돌려 시의원을 따라간다.)

소 렐 (손을 절망적으로 움켜쥔다.) 오, 그가 그렇게 가버리
면 우리는 완전히 버려집니다! 라 이르, 그를 따라가
시오. 오, 그를 달래시오! (라 이르 퇴장)

제 6 장

카를. 소렐. 뒤 샤텔.

카 를 왕관이 유일한 자산인가? 그것을 버리는 것이 그
렇듯 힘든가? 나는 무엇이 더 참기 힘든지 알고 있네.
이 고집스럽게 우악스러운 심정에서 자신을 다스
리고 완고한 가신들의 은총으로 사는 것, 그것이
고귀한 마음에는 괴로운 것이며 운명에 순응하는
것보다 더 힘들구나!

(아직도 머뭇거리는 뒤 샤텔에게)

내가 자네에게 명령하는 것을 행하게!

뒤 샤텔 (왕의 발에 몸을 던진다.) 오, 나의 왕이시여!

카 를 결정되었다. 더 이상 아무 말도 하지 말게나!

뒤 샤텔 브루군트 공작과 화해를 하십시오. 그렇지 않으
면 난 당신을 구할 수 없습니다.

카 를 자네는 나에게 이것을 충고하지만 내가 이 평화
를 봉인하는 것은 자네의 피가 아닌가?

뒤 샤텔 여기 제 머리가 있습니다. 나는 당신을 위하여
그것을 가끔 전투에서 감행하였습니다. 그리고 이제
당신을 위하여 기쁘게 단두대 위에 바칩니다. 공작을

만족시키십시오. 나를 그의 분노에 넘기시오 그리고
나의 흐르는 피가 옛 증오를 화해하게 하십시오!

카 를 (한동안 감격하여 말없이 그를 응시한다.) 진정인가?
내 마음을 꿰뚫어 보는 나의 친구들이 나를 구하기 위
하여 수치의 길을 갈 정도로 그렇게 나는 좋지 않은
상황인가?

그래, 나는 나의 깊은 추락을 알고 있소, 나의
명예에 대한 신뢰는 사라졌기 때문이오.

뒤 샤텔 생각해보십시오. ―

카 를 아무 말도 더 이상하지 마시오! 나를 흥분시키지
말게나! 나는 열 개의 왕국에 등을 돌릴지언정 친구의
생명으로 나를 구하지는 않소.

― 내가 자네에게 명령한 것을 하게나. 가서 나
의 군수품을 배에 싣게나.

뒤 샤텔 곧 이행하겠습니다. (일어서서 간다. 아그네스는 격
렬하게 운다.)

제 7 장

카를과 아그네스 소렐.

카 를 (아그네스 소렐의 손을 잡으면서) 나의 아그네스여,
슬퍼하지 마시오. 르와르 강 저편에도 아직 프랑스가
있소. 우리들은 더 행복한 나라로 가게 되오.

그 곳에는 결코 구름이 덮이지 않는 맑은 하늘이
웃고 있으며 가벼운 바람이 불며 더 부드러운 풍습
이 우리들을 맞이할 것이오,

그 곳에는 노래가 있으며 삶과 사랑이 더 아름답
게 피어날 것이오.

소 렐 오, 슬픈 이 날을 내가 보아야만 하는지!

왕은 망명을 떠나야 하고 아들은 아버지의 집을
나가 자신의 요람을 져버려야 하다니.

오, 우리들이 떠나는 이 편안한 땅, 너에게 다시
는 기쁘게 들어서지 못할 것이다.

제 8 장

라 이르가 돌아온다. 카를과 소렐.

소 렐　당신 혼자 오는군요. 그를 데리고 오지 않는지 요?

　　　(소렐이 라 이르를 더 가까이 서 본다.)

　　　라 이르! 무슨 일입니까? 왜 그런 눈을 하시는 지? 새로운 불행이 일어났군요!

라 이르　불행이 지쳐서 햇빛이 다시 듭니다!

소 렐　무슨 말입니까? 말해 보세요.

라 이르　(왕에게) 오를레앙의 사절을 소환하십시오!

카 를　왜? 무슨 일인가?

라 이르　그들을 소환하십시오. 폐하의 운이 돌아섰습니 다. 전투가 있었습니다. 폐하가 승리했습니다.

소 렐　승리했다고! 오, 천상의 음악 같은 말!

카 를　라 이르! 동화 같은 소문에 자네가 속고 있군. 승 리 하다니! 나는 어떤 승리도 더 이상 믿지 않네.

라 이르　오, 당신은 곧 더 큰 기적을 믿게 될 것입니다.
　　　— 저기 대주교가 오십니다. 그가 바스타르를 당 신의 품안으로 돌려 보냅니다. —

소 렐   고귀한 하늘의 과일인 평화와 화해를 가져다 주
　　　　는, 오, 승리의 아름다운 꽃이여!

제 9 장

랜스의 대주교. 뒤노아. 용감한 기사 라울과 함께 뒤 샤텔이 앞 사람에게.

대주교 (바스타르를 왕에게 인도하여 두 사람의 손을 포갠다.)

왕자들은 서로 얼싸 안으시오! 모든 분노와 불화를 사라지게 하시오, 그러면 하늘도 우리 편을 들 것입니다.

(뒤노아가 왕을 포옹한다.)

카 를 나를 의심과 놀라움에서 벗어나게 하시오. 이 장엄한 진지함은 나에게 무엇을 알리는가? 이 빠른 교체는 무엇을 불러일으키는가?

대주교 (기사를 앞으로 인도하여 왕 앞에 세운다.)

라 울 우리들은 당신의 군대와 싸우기 위해 열여섯 개의 깃발을 꽂았습니다.

그리고 보쿨레에서 온 보디쿠러 기사가 우리들의 지휘관이었습니다. 우리들이 퍼만톤 옆의 고지에 이르러 욘 강이 흐르는 계곡으로 내려섰을 때 우리 앞 넓은 평야에 적이 서 있었습니다.

무기들이 번쩍이었습니다, 우리들이 뒤돌아보았

을 때 우리들은 두 군대에 둘러싸여 있었습니다.
승리할 희망도 도망칠 희망도 없었습니다.

그 때 가장 용감한 자의 가슴도 내려앉았습니다.
그리고 모두들 절망에 가득 차 무기를 내려놓으려
했습니다.

지휘관들이 서로 충고를 구했지만 아무런 해결책
도 찾지 못했을 때, ─ 기이한 기적이 일어났습니
다!

숲 깊숙한 곳에서 전쟁의 여신처럼 투구를 쓴 처
녀가 나왔습니다, 아름답고 동시에 보기가 끔찍했
습니다. 목덜미 주변에는 검은 머리가 원을 그리면
서 내려와 있었고 그녀가 목소리를 높여 다음과 같
이 말했을 때 하늘에서부터 광채가 비추이는 것 같
았습니다.

당신들 용감한 프랑켄 족은 무엇을 망설입니까?
적에게로 돌진하시오! 적은 바다 속의 모래처럼 많
을 것입니다. 신과 성처녀가 당신들을 인도할 것입
니다!

깃발을 들고 있는 자의 손에서 재빨리 깃발을 빼
앗고, 그 강력한 여성은 용감한 몸가짐으로 행렬
앞으로 나섰습니다.

우리들은 놀라서 입을 다물고 자신도 모르게 높
은 깃발과 그 깃발을 든 여성을 따라 적에게로 돌

진했습니다.

    깜짝 놀란 적은 멍한 시선으로 눈앞에 전개되는 기적을 바라보면서 움직이지 않고 서 있었습니다.

    마치 신의 공포가 적을 사로잡은 듯 적은 도망치기 위해 몸을 돌리고 무기를 던지고 전 군대는 들판에 흩어졌습니다.

    그 때 어떤 강력한 말도, 어떤 지휘관의 외침도 놀라움 앞에서는 소용이 없었습니다. 뒤돌아보지도 않고 군대와 말은 강바닥으로 빠지며 저항하지 않고 스스로 목숨을 잃었습니다.

    전투라고 일컬을 전투가 아니었습니다! 강물이 삼킨 적을 계산하지 않더라도 이천 명의 적이 들판을 덮고 있었습니다. 우리 편에서는 한 사람도 잃지 않았습니다.

카 를 신기하구나! 정말 놀랍고 기이한 일이구나!

소 렐 어떤 처녀가 이 기적을 일으켰단 말인가요? 그녀는 어디에서 왔는지요? 누구입니까?

라 울 자신이 누구인지 그녀는 왕에게만 알리려 합니다. 그녀는 스스로를 예언자 또는 신이라고 부릅니다. ─

    보내진 예언자, 달이 바뀌기 전에 오를레앙을 구할 것을 약속합니다. 백성은 그녀를 믿고 전투를 갈망합니다. 그녀는 군대를 따라 곧 이 곳에 올 것입니다.

(종소리, 무기 달그락거리는 소리가 들린다.)

사람들의 웅성거리는 소리가 들리지요? 종소리
가? 백성이 신의 사신을 반기는 소리입니다.

카 를 (뒤 샤텔에게) 그녀를 안으로 안내하시오 −

(대주교에게) 어떻게 생각해야 좋을런지!

어떤 소녀가 내게 승리를 가져다 주고 이제 신의
팔만이 나를 구원할 수 있다니! 그것은 자연의 흐
름이 아니오. 주교님, 이 기적을 믿어도 되는지요?

많은 목소리 (무대 뒤에서) 처녀 만세, 구원자 만세!

카 를 그녀가 온다!

(뒤노와에게) 뒤노와, 내 자리에 앉게나! 이 기적
의 소녀를 시험해 보세, 그녀가 신에 의해 보내졌
다면 그녀는 왕을 알아볼 것이다.

(뒤노와가 자리에 앉고 왕은 뒤노아의 오른편에, 그 옆에
는 아그네스 소렐, 대주교는 다른 사람들 맞은편에 앉는
다.)

제 10 장

앞 사람들. 무대 뒷면을 채우고 있는 시의원들과 기사들을 거느
린 요한나. 그녀는 고귀한 자태로 앞으로 들어서서 둘러 서 있는
사람을 차례로 살펴본다.

뒤노와   (깊은 정적이 흐른 다음)

　그대가 기적의 소녀인지 –

요한나   (명확하고 고귀함으로 뒤노아를 보면서 그의 말을 가로막
는다.)

　　오를레앙의 바스타르! 당신은 신을 시험하려 하
는군요! 당신에게 어울리지 않는 이 자리에서 일어
서세요. 나는 더 위대하신 이 분에게로 보내졌습니
다.

　　(요한나는 단호한 걸음걸이로 왕에게 가서 그 앞에 무릎
을 꿇고 즉시 다시 일어나 뒤로 물러선다. 참석한 모두가
경악을 표현한다. 뒤노아는 자리에서 일어나 왕에게 자리를
내놓는다. 왕 앞에 공간이 생긴다.)

카 를   너는 내 모습을 처음 본다. 어떻게 나를 아는가?

요한나   신 외에 아무도 당신을 알아볼 수 없는 곳에서
저는 당신을 알아봅니다. (요한나는 왕에게 다가가 신비스
럽게 말한다.)

요한나 최근 밤을 생각해 보십시오!

당신 주변의 모든 것이 깊은 잠에 빠져 있을 때 당신은 당신의 진영에 서 있었습니다. 신에게 간절한 기도를 했습니다.

사람들을 내보내십시오 그러면 기도의 내용을 말씀드리겠습니다.

카 를 내가 하늘에 한 말을 사람들 앞에서 숨길 필요가 없다. 내 기도의 내용을 알아 내면 신이 너에게 영감을 주었다는 사실을 의심하지 않겠노라.

요한나 당신은 세 가지 기도를 하였습니다. 폐하, 제가 당신에게 그 기도를 제대로 말하는지 들어보십시오!

첫째, 당신은 하늘에 간청했습니다. 이 왕관이 부당하다면, 당신의 조상 때부터 아직도 속죄되지 않은 다른 무거운 죄가 이 슬픈 전쟁을 불러 일으킨다면 당신의 백성을 위하여 당신을 희생으로 삼으라고. 분노의 모든 그릇을 당신 혼자의 머리 위로 쏟아 버리라고.

카 를 (놀라서 물러선다.) 너는 누구냐, 강력한 실체? 너는 어디서 왔느냐?

(모두들 요한나에게 놀라움을 나타낸다.)

요한나 당신은 하늘에 두 번째 청을 했습니다.

당신의 혈통에서 왕홀을 빼앗고 당신의 조상들, 왕들이 이 왕국에 소유했던 모든 것을 당신에게서

빼앗는 것이 그의 높은 결정이고 의지라면 당신은
단 세 가지만을 간청했습니다.

평화로운 마음과 친구의 우정 그리고 아그네스의
사랑을 지키게 해 달라고.

(왕은 격렬하게 흐느끼면서 얼굴을 감춘다. 참석한 사람
들 사이에 커다란 동요가 일어난다. 잠시 후)

제가 당신의 세 번째 기도를 말해야 하는지요?

카 를 그만! 나는 너를 믿는다! 어떤 인간도 그만큼 할
수 없다. 가장 높은 신이 너를 보냈도다.

대주교 너는 정말 놀라운 소녀구나!

어느 행복한 나라가 너를 낳았느냐? 말하라! 너
를 낳은 신의 사랑을 받은 부모는 누구인가?

요한나 존경하는 폐하, 요한나라고 부르지요. 저는 폐하
의 땅, 툴 교구에 있는 도 레미 출신의 목자의 비천한
딸에 불과하며 어린 시절부터 아버지의 양을 지켰습
니다.

─ 바다를 건너와 우리를 종으로 만들고 백성을
사랑하지 않으면서 주인이길 강요하는 낯선 섬나라
민족에 대한 이야기를 많이 들었습니다. 그리고 그
들은 이미 대도시 파리와 왕국을 장악하고 있다는
이야기를 들었습니다.

그래서 저는 성모 마리아에게 낯선 수치의 굴레
에서 우리를 멎게 하시고 우리의 왕을 보호할 것을

간청했습니다.

제가 태어난 마을 앞에는 오래된 성모상이 있지요. 경건한 순례 때 많은 일이 일어났습니다.

그 옆에 성스러운 떡갈나무 한 그루가 있습니다, 많은 기적의 축복으로 유명하지요.

양 떼를 방목하면서 이 나무 그늘 밑에 저는 즐겨 앉아 있었습니다. 마음이 끌렸기 때문이지요. 그런데 양 한 마리를 황량한 산 속에서 잃어버렸답니다. 이 나무 밑에서 잠을 잘 때면 언제나 그런 꿈을 꾸었답니다. — 그런데 한 번은 이 나무 밑에 앉아서 밤 내내 열렬히 기도 드리면서 잠을 쫓으려는데 검과 깃발을 든 성모 마리아가 내게 다가왔습니다. 그러나 그 밖에 저는 언제나처럼 양치기 옷을 입고 있었지요. 그녀는 내게 말했습니다.

"나다, 요한나여, 일어서라. 양 떼들을 내버려두어라. 주님이 너를 다른 사업으로 부르신다! 이 깃발을 들어라! 이 검을 들어라! 그 것으로 나의 백성의 적을 쳐부수고 너의 주님의 아들을 랭스로 안내하라, 그에게 대관식을 올리도록 하라!"

그러나 저는 말했습니다. 위험한 전투에 대하여 아무것도 모르는 나약한 소녀가 어떻게 그런 일을 할 수 있는지요!라고.

그리고 그녀는 계속 말했습니다. "순결한 처녀가

지상의 사랑을 거부한다면 지상의 모든 성스러운 것을 이룬다. 나를 보아라! 너처럼 순결한 처녀인 나는 주님, 신적인 인물을 낳았다. 그리고 나 스스로도 신과 같다" — 그리고 그녀는 저의 눈꺼풀을 건드렸습니다. 제가 위를 올려다보았을 때 하늘에는 흰 백합을 손에 쥔 천사로 가득했으며 아름다운 소리가 흐르고 있었습니다.

— 삼일 밤 계속 성모 마리아는 모습을 나타내셨으며 그리고 외쳤습니다. — "요한나야 일어나라, 주님이 너를 다른 사업으로 부르신다."

성모 마리아가 세 번째 밤에 모습을 나타내었을 때 화를 내면서 이런 말로 저를 꾸짖었습니다. "순종은 지상에서 여자의 의무이니라, 가혹한 인내는 여자의 무거운 운명이다, 엄격한 봉사로 정화되어야만 한다, 이 곳에서의 봉사는 저기 위에서는 위대하다."

그렇게 말하면서 그녀는 목자의 옷을 벗고는 천상의 여왕으로 태양의 광채 속에 서 있었습니다. 그리고 황금 구름이 그녀를 환희의 나라로 운반하면서 천천히 위로 사라졌습니다.

(모두 감동한다. 아그네스 소렐은 격렬하게 울면서 얼굴을 왕의 가슴에 묻는다.)

대주교 (긴 침묵 후에) 그런 신의 확증 앞에 지상의 모든

의심은 침묵을 지키지 않을 수 없소. 그녀가 진실을
말한다는 것을 그 행동이 증명하오. 신만이 그런 기적
을 일으킬 수 있소.

뒤노아   그녀의 기적, 그녀의 눈을 나는 믿지 않습니다.
그녀 얼굴의 순결함을 믿습니다.

카 를   죄인인 내가 그런 은총의 가치가 있는지!

진실되게 모든 것을 탐구하는 눈으로 너는 나의
내면을 보고 나의 겸허를 알고 있다니!

요한나   높은 분의 겸허가 저기 위에서 밝게 비추십니다,
당신은 몸을 굽히셨습니다, 그 때문에 그가 당신을 높
였습니다.

카 를   그렇게 나는 적을 이길 수 있단 말인가?

요한나   저는 프랑스를 당신 발밑에 꿇게 만들겠습니다!

카 를   너는 오를레앙이 넘어가지 않을 것이라고 말했느
냐?

요한나   르와르 강이 거꾸로 흐르는 것을 보기 전에는 그
렇습니다.

카 를   내가 승리자로 랭스로 행군할 것인가?

요한나   수천 명의 적 사이로 저는 당신을 이끌 것입니다.

(모든 참석한 기사들이 창과 방패로 소리를 내어 용기의
표시를 보낸다.)

뒤노아   처녀를 군대의 선두에 세우시오. 우리는 신과 같
은 그녀가 우리를 이끄는 대로 무조건 따르리라! 그녀

의 예언자의 눈이 우리를 이끌고 이 용감한 검을 보호
해야만 할 것이오!

라 이르   그녀가 우리의 무리 앞에서 나아간다면 우리들
은 무장을 한 어떤 세상도 두렵지 않을 것이오. 승리
의 신이 그녀의 편으로 돌아서오, 강력한 자, 그녀가
싸움에서 우리를 이끌고 있소!

   (기사들이 요란한 무기 굉음을 내고는 앞으로 전진한
다.)

카 를   그래. 처녀여, 너는 나의 군대를 이끌고 영주들은
너에게 순종해야 할 것이다.

   최고 지휘관이 우리에게 화를 내어 돌려 보낸 검
은 이제 더 품위 있는 손을 발견했다. 성스러운 예
언자여, 네가 이 검을 받아라. 그리고 전진하라. ―

요한나   아닙니다. 고귀한 황태자시여!

   지상의 폭력의 도구를 통해서 승리가 저의 주인
에게 주어진 것이 아닙니다. 저는 다른 검을 알고
있으며 그것을 통해 승리할 것입니다.

   영이 나에게 가르친 것처럼 나는 당신에게 그것
을 말하고자 합니다, 사람을 보내 그것을 가져오게
하십시오.

카 를   요한나 ― 말하라.

요한나   옛 도시 피어보이로 사람을 보내십시오, 그 곳 성
카타리나 교회에 지하 묘지가 있는데 그 곳에 옛 전투

에서 얻은 많은 무기들이 쌓여 있습니다.

그 가운데 제가 사용할 검이 있습니다. 손잡이에 금으로 장식된 세 송이의 흰백합을 보면 알 수 있습니다. 그 검을 가져오게 하십시오. 그 검이 당신에게 승리를 가져오게 할 것이기 때문입니다.

카 를　사람들을 보내 그녀가 말하는 대로 하게 하라.

요한나　자줏빛 술이 달린 하얀 깃발[1]을 제가 들도록 해 주십시오.

이 깃발에는 아름다운 예수소년과 천상의 왕비가 지구 공 위에 떠 있을 것입니다. 성모 마리아가 제게 그것을 보여 주었습니다.

카 를　네가 말한 대로 할 것이다.

요한나　(대주교에게) 존경하는 주교님, 당신 성직자의 손을 제게 얹으십시오. 그리고 당신의 딸을 축복해 주시오. (무릎을 꿇는다.)

대주교　축복을 받기 위해서가 아니라 그것을 나누기 위해 네가 왔구나. ― 신의 힘과 함께 가라! 우리들은 무가치한 자들이며 죄 있는 자들이다! (요한나가 일어선다.)

---

1) 깃발은 요한나에게 검보다 더 중요한 의미를 지니고 있다. 재판기록에 의하면 "깃발이 좋으냐, 너의 검이 좋으냐?"라는 질문에 요한나는 "깃발이 검보다 백배나 좋습니다. 공격을 할 때면 저는 깃발만 듭니다. 저는 인간을 살해하는 것을 피합니다. 저는 인간을 죽인 적이 없습니다"라고 대답했다고 한다.

기사의 시종   영국 지휘관으로부터 전령이 왔습니다.

요한나   그를 들라하세요, 신이 그를 보냈습니다!

　　(왕은 시종에게 눈짓을 하고 시종이 퇴장한다.)

제 11 장

앞선 사람들에게 전령이 다가선다.

카 를   자네는 무슨 소식을 가져오는가?

전 령   퐁튀의 백작[1], 이신 발로와의 카를 왕을 대변하는
분이 누구신지요?

뒤노아   어리석은 전령이여, 비천한 소년이여! 자신의 땅
위에 있는 프랑스인의 왕을 뻔뻔스럽게도 부정하다니.
자네의 갑옷이 자네를 보호하네, 그렇지 않았더라면
―

전 령   프랑스는 단 한 명의 왕이 있으며 그는 영국 진영
에 있습니다.

카 를   조용하게나 사촌이여! 전령은 자네의 소임을!

전 령   이미 흘렀으며 아직도 흘러야 하는 피 때문에 슬
퍼하는 나의 고귀하신 지휘관은 아직도 전투자의 검
을 칼집에 지니고 있습니다. 오를레앙이 질풍 속에 빠
지기 전에 그는 당신에게 시담을 하고자 합니다.

---

1) Graf von Ponthieu: 형들이 죽은 다음에 황태자가 되기 전 카를 7
세의 칭호. 영국인들은 카를을 왕으로 인정하지 않기에 그를 항상 퐁튀
의 백작이라고 칭했다.

카 를   들어 보도록 하지!

요한나   (앞으로 나선다.) 폐하, 당신 대신에 제가 이 전령
과 이야기하게 해 주십시오.

카 를   소녀여, 그렇게 하라!

전쟁이든 평화든 네가 결정하라.

요한나   (전령에게)

누가 너를 보내 대신 말하는가?

전 령   영국 장교, 셀리버리 백작이오.

요한나   너는 거짓말을 하고 있다! 경은 너를 통해 말하
지 않는다. 살아 있는 사람만이 말하지 죽은 사람은
말하지 않는다.

전 령   나의 지휘관은 건강하고 힘에 넘쳐 살아 있습니
다. 당신들 모두를 멸하기 위해 살아 있습니다.

요한나   그는 네가 출발할 때는 살아 있었다. 그가 라 투
넬레 탑에서 내려다보고 있을 때 오늘 아침 오를레앙
의 총격이 그를 쓰러트렸다.

－ 멀리 있는 일을 말하기에 웃는가? 내 말이 아
니라 너의 눈을 믿어라! 돌아서면 너는 그의 시체
의 행렬과 마주칠 것이다! 이제 전령은 소임을 말
하라.

전 령   당신이 감추어진 것을 밝혀낼 줄 안다면 내가 나
의 소임을 말하기 전에 그것을 알고 있을 것입니다.

요한나   나는 그것을 알 필요가 없다, 그러나 나의 소임을

들어라! 그리고 이 말을 너를 보낸 영주들에게 전하라! — 영국의 왕, 그리고 이 왕국을 관리하는 베드포드와 글로체스터 공작에게!

쏟아 버린 피 때문에 하늘의 왕에게 사죄하라! 너희들이 신의 권리에 맞서 제압한 도시의 모든 열쇠를 내놓아라.

처녀가 너희들에게 평화를 주든지 피비린내 나는 전쟁을 하기 위해 하늘의 왕에게서부터 왔다.

선택하라! 너희들이 알 수 있도록 나는 너희에게 이 말을 한다. 아름다운 프랑스는 마리아의 아들로부터 당신들에게 주어진 것이 아니다. —신이 보낸 나의 주인이신 카를 왕이 파리로 입영할 것이다. 그의 왕국의 모든 위대한 사람들을 동반하고서.

— 이제 전령은 서둘러 떠나라, 네가 진영에 다다르기 전에, 소식을 전하기 전에 처녀가 그 곳에 가 있을 것이며 오를레앙에 승리의 표시를 심을 것이다.

(요한나가 퇴장하고, 모두 움직인다, 막이 내린다.)

제 2 막

바위로 둘러싼 지역.

제 1 장

탈보트와 리오넬, 영국 장교들. 브루군트의 공작. 기사 파스톨프
와 샤틸론이 군인들과 깃발을 들고.

탈보트 여기 이 바위 아래에 튼튼한 진영을 펴도록 하자,
놀라서 뿔뿔히 도망가는 백성들을 우리들이 다시 모
을 수 있을런지. 감시를 잘 하고 높은 곳을 점령하라!
밤은 우리들로 하여금 추적 앞에서 안전하게 한
다. 적이 날개를 가지고 있지 않다면 나는 어떤 습
격도 두려워하지 않는다. ― 그렇지만 조심해야 한
다, 이는 요사한 적과의 문제며 우리는 패했지 않
았던가.

(기사 파스톨프가 군인들과 퇴장한다.)

리오넬 지휘관님, 패했다는 말은 더 이상 말하지 마십시
오. 프랑켄 인이 오늘 영국의 등을 보았다고 생각해서
는 안 됩니다.

― 오, 오를레앙! 오를레앙! 우리들의 명성의 무
덤이여! 너의 들판에는 영국의 영광이 있다.
말하기조차 우스운 패전을 저주하면서! 장래에
누가 그것을 믿겠는가!

프와티에, 크레키 그리고 안쟁쿠르[1])에서의 승리
자들이 한 여자에 의해 쫓기다니!

브루군트 우리는 그 점에서 위로를 받아야 하오. 우리들은
인간들에 의해 패한 것이 아니라 악마에 의해 당했소.

탈보트 어리석은 악마에 의해 − 어떻게 브루군트가? 유
령이 영주들까지 놀라게 하다니? 미신은 당신들의 비
겁함을 위한 나쁜 구실에 불과하오 − 당신 백성들이
먼저 도망쳤소.

브루군트 아무도 위치를 고수하지 않았네. 도망은 양쪽
다 마찬가지였소.

탈보트 아니오! 당신의 진영에서 시작되었소. 당신들은
우리 진영으로 소리치면서 밀려왔소: 지옥이 시작되
었소, 사탄이 프랑스를 위해 싸운다! 하면서 그렇게
우리 군사들을 혼란으로 몰고 갔소.

리오넬 당신은 그것을 부정할 수 없소. 당신 진영이 먼저
피했소.

브루군트 그 곳에서 첫 공격이 있었으니까.

탈보트 소녀는 우리 진영의 약점을 알고 있었으며 어디
에서 두려움이 발견되는지 알고 있었소.

브루군트 뭐라고? 브루군트가 불행의 책임을 져야 한단

---

1) Potiers, Crequi, Anzinkur: 백년전쟁 때의 전투를 말함. 크레키에
  서는 1346, 프와티에에서는 1356, 안쟁쿠르에서는 1414년에 전투가
  있었음.

　　말이오?

리오넬　　우리 영국 사람들만 있었다면 오를레앙을 잃어버
　　리지 않았을 것입니다!

브루군트　　아니 - 당신들은 오를레앙을 결코 보지 못했
　　을 것이오!

　　　　누가 이 왕국으로의 길을 당신들에게 열어 주었
　　소. 당신들이 이 적의 낯선 해안으로 올라섰을 때
　　누가 당신들에게 성실한 우정을 건넸소?

　　　　누가 파리에서 당신네들의 하인리히에게 왕관을
　　씌웠으며 누가 프랑스인의 마음을 그에게 바쳤는
　　가?

　　　　맙소사! 이 강력한 힘이 당신들을 안으로 이끌지
　　않았다면 당신들은 프랑켄 인의 굴뚝에서 연기가
　　오르는 것을 결코 보지 못했을 것이오!

리오넬　　위대하신 말씀대로라면 공작님, 당신 혼자서 프
　　랑스를 정복했을 것입니다.

브루군트　　오를레앙을 빼앗기자 모든 분노를 동지인 나에
　　게 넘기다니, 참 불쾌하오. 당신들의 탐욕 때문에 왜
　　우리가 오를레앙을 잃어야 하는가? 오를레앙은 나에
　　게 항복하려던 참이었소, 당신들, 당신들의 질투심이
　　그것을 방해했소.

탈보트　　당신 때문에 그것을 공격한 것은 아닙니다.

브루군트　　내가 군사를 빼낸다면 어떻게 할 것인가?

리오넬   우리들이 당신과 당신네들 전 프랑스와 함께 끝
장이 난 안쟁쿠르에서보다 더 나쁘지는 않겠지요.

브루군트   그렇지만 우리의 우정이 문제지. 옛 독일 제국
섭정인2)은 그 우정을 비싸게 샀소.

탈보트   그렇습니다, 비싸게. 우리들은 오를레앙 앞에서
우리들의 명예를 걸고 그 우정을 비싸게 샀습니다.

브루군트   그만하시오, 당신들은 후회하게 될 것이오!

낯선 사람들로부터 그런 소리를 듣기 위해 나는
나의 주인의 정의의 깃발을 버리고 배반자의 이름
을 내 머리에 이고 있단 말인가? 나는 여기서 무엇
을 하며 왜 프랑스에 맞서 싸웠는가?

내가 감사할 줄 모르는 사람들에게 봉사해야 한
다면 차라리 우리의 왕에게 할 것이오.

탈보트   당신은 황태자와 협상 중에 있소. 우리들은 그것
을 알고 있소. 그렇지만 우리들은 배반 앞에 우리를
보호할 그런 방법을 찾을 것이오.

브루군트   빌어먹을! 나를 그렇게 대하다니? ─ 샤틸론!

나의 백성들로 하여금 출발케 하라. 우리들은 우
리들의 나라로 되돌아간다. (샤틸론은 퇴장한다.)

리오넬   가시는 길에 행운이 있기를!

---

2) Reichsverweser: Johann Plantagner Bedford 공작은 프랑스에
있는 영국 속령의 섭정인인 하인리히 5세가 죽은 다음 카를 7세에 맞
서 브루군트 공작과 부레타그네 Bretagne 공작들과 동맹을 맺었다.

영국인의 명성은 도와주는 사람없이 혼자서 자신의 좋은 검을 신뢰할 때보다 더 빛난 적이 결코 없었소.

각자 자신의 싸움만 하도록 하지요. 그것이 영원히 진실로 남기 때문이지요! 프랑스의 피와 영국의 피는 절대로 공정하게 섞일 수 없습니다.

제 2 장

이사보 여왕이 시동을 동반하고 앞선 사람들에게로.

이사보   내가 무슨 소리를 듣고 있는가, 지휘관! 그만 두
시오! 무슨 미친 우주가 그대들 건강한 오성을 혼란시
키는가? 이제, 그대들은 증오 속에서 서로 헤어지고
패배를 자원하는가?

   ― 고귀하신 공작께 부탁하건대 빨리 명령을 취
하 하시오. ― 그리고 당신, 명성이 높으신 탈보트
께서는 흥분한 친구를 진정시키시오! 리오넬, 어서
요, 이 오만한 분들을 만족시키고 화해를 하시오.

리오넬   여왕이시여, 저는 그렇게 못합니다. 저는 아무 상
관이 없습니다. 함께 할 수 없는 것은 스스로 해결하
는 것이 가장 좋다고 저는 생각합니다.

이사보   뭐라고? 만날 때 우리들에게 그렇게 치명적이었
던 악마의 요술이 여기서도 정신을 혼란시키게끔 작
용하는가? 누가 싸움을 시작했는가? 말하시오! ― 고
귀하신 경이여!

   (탈보트에게) 당신들은 가치있는 연방동지를 해칠
정도로 자신의 이익을 잊은 사람들인가요? 이 팔

없이 무엇을 얻으려 합니까? 이 팔은 당신의 왕에
게 왕좌를 세웠습니다. 이 팔은 아직 왕을 지지하
고 있으며 원하면 왕을 쓰러뜨릴 수 있습니다.

　　왕의 군사는 당신들을 강화시킵니다. 그리고 더
욱 그의 이름을. 모든 영국이, 영국의 백성들이 우
리들의 해안으로 밀려온다해도 이 제국이 하나가
된다면 영국은 프랑스를 이길 수 없습니다. 프랑스
만이 프랑스를 극복할 수 있습니다.

탈보트　　우리들은 성실한 친구를 존경할 줄 압니다. 조금
만 영리하다면 엉터리 친구를 거부하는 것은 당연한
일이지요.

브루군트　　감사할 줄 모르는 자에게는 거짓말하는 자의
뻔뻔함이 모자라지 않소.

이사보　　고귀한 공작이시여, 어떻게 당신은 아버지를 살
해한 저 손에다 영주의 명예를, 당신의 손을 놓을 수
있는지요? 당신 스스로를 절망의 끝으로 몰아붙인 황
태자와 화해를 할 수 있다고 믿을 정도로 정신이 나갔
습니까?

　　당신은 그렇게 덫 가까이에서 그를 붙들고 놓지
않으려 하며 당신의 일을 그렇게 스스로 망치려 하
는지요? 여기에 당신 친구들이 있소. 당신의 안전
은 단지 영국과 확고한 동맹 속에 있소.

브루군트　　황태자와 평화를 맺을 생각은 없습니다. 그렇

지만 영국의 경시와 오만은 참을 수 없습니다.

이사보   자! 그의 성급한 말을 좋은 점으로 생각하십시요! 장교를 누른 걱정은 무겁고 부당하오. 당신은 불행을 만든다는 것을 알고 있소. 자! 자! 서로 포옹하시오, 오래가기 전에 이 균열을 빨리 치유하도록 합시다.

탈보트   브루군트는 무슨 생각을 하시는가? 고귀한 가슴 은 이성을 찾기를 기꺼이 고백하오. 여왕께서는 영리 한 말을 했소. 이 악수로 나의 혀가 서둘러 삼킨 상처 를 낫게 하시오.

브루군트   여왕께서는 이성적으로 말씀하셨소. 나의 분노 가 사라집니다.

이사보   잘 됐소! 그렇게 형제의 키스로 새로운 동맹을 봉인하면 바람이 말한 것을 날아가게 할 것이오.

(브루군트와 탈보트가 서로 포옹한다.)

리오넬   (혼자서 그들을 관찰한다.) 복수의 여신이 준 평화에 행운이 있기를!

이사보   우리들은 전투에 실패했어요. 행운이 우리를 거 부하고 있소. 그러나 그 때문에 그대들의 고귀한 용기 가 무너져서는 아니되오. 황태자는 하늘의 보호를 의 심하며 사탄의 요술을 도움으로 부르고 있다오. 그렇 지만 그는 헛되이 재앙에 자신을 넘기고 있으며 지옥 조차 그를 구하지 않고 있소.

승리의 소녀가 적의 군대를 이끌고 있소. 나는

그대들을 이끌 것이오, 내가 처녀 대신에 그대들을
이끌 것이며 예언자이고자 하오.

리오넬　여왕이여, 파리로 되돌아가시오. 우리는 훌륭한
무기로 승리하고자 합니다, 여자들로서가 아니라.

탈보트　돌아가시오! 가시오! 당신이 진영에 있으면 모든
것이 되돌아갑니다. 어떤 축복도 우리들의 무기 속에
더 이 상 있지 않을 것입니다.

브루군트　돌아가시오! 당신이 있으면 좋을 것이 없습니
다. 전사들은 당신들에게 분노 할 것입니다.

이사보　(놀라서 한 사람씩 바라본다.) 당신, 브루군트도 그렇
게 생각하는가? 그대도 나를 거부하고 감사할 줄 모
르는 경들과 뜻을 같이 하는가?

브루군트　돌아가시오! 군대가 당신의 일을 위하여 싸운
다고 생각한다면 좋은 용기를 잃을 것입니다.

이사보　나는 그대들 사이에 평화를 제공하였소, 그런데
그대들은 다 같이 나를 거부하는가?

탈보트　돌아가시오, 여왕, 가시오. 당신이 떠나면 우리들
은 어떤 악마도 두려워하지 않을 것입니다.

이사보　나는 그대들의 진실된 동지가 아닌가? 그대의 일
이 나의 일이 아닌가?

탈보트　그렇지만 당신의 일이 우리들의 일은 아닙니다.
우리들은 진정으로 좋은 싸움을 하고 있습니다.

브루군트　나는 아버지의 피비린내 나는 살인에 대해 복

수를 하고 있습니다, 숭고한 아들의 의무가 나의 무기를 성스럽게 합니다.

탈보트 당장 떠나시오! 당신이 왕에게 한 일은 인간적으로 좋은 것도 신적으로 옳은 것도 아닙니다.

이사보 그의 자손 만대까지 저주가 있을지어다. 그는 어미에게 머리에 죄를 범했소.

브루군트 그는 아버지와 남편의 복수를 하고 있습니다.

이사보 그는 나의 도덕의 재판관으로 자처했소.

리오넬 그것은 아들로서 할 짓이 아니었습니다!

이사보 그는 나를 추방했소.

탈보트 공적인 목소리를 인준하기 위해서입니다.

이사보 내가 그를 용서한다면 저주가 나에게 덥칠 것이오! 그가 그의 아비의 왕국을 통치하기 전에.

탈보트 그 전에 당신이 그의 어머니의 영광을 포기하기를!

이사보 그대, 연약한 영혼들은 알지 못하오, 상처받은 어머니의 영혼이 어떤 것인지.

나는 나에게 좋은 일을 하는 사람을 좋아하고 나를 상처 입히는 사람을 미워하오, 내가 낳은 아들이오, 그 때문에 더욱 미워하고 있소.

내가 생명을 준 내 아들에게서 나는 그 생명을 빼앗으려하오, 그가 뻔뻔스러운 오만으로 자신을 안은 어미의 품을 상처 입힌다면.

그대들은 나의 아들에 맞서 전쟁을 하고 있소.
그대들은 그를 해칠 권리도 이유도 없소.

황태자가 그대들에게 무슨 무거운 죄를 지었소?
그는 그대들에게 어떤 의무를 져버렸단 말이요?

명예욕과 천한 질투심이 그대들을 몰아붙이고 있
소, 나는 그를 미워해도 되오, 나는 그를 낳았소.

탈보트 복수심에서 그가 그의 어머니를 느끼다니!

이사보 가련한 위선자들, 세상 사람들처럼 스스로를 속
이는 당신들을 내가 얼마나 멸시하는지!

당신들 영국인들은 그럴 권리도 정당성도 없는
이 프랑스에까지 도적의 손을 뻗치고 있소. — 그리
고 착한 사람을 비난하는 이 공작은 자신의 조국을,
조상의 왕국을 적에게, 낯선 자들에게 팔다니. —
그러면서 당신들에게 있어 세 번째 말은 정의라니.
— 나는 거짓을 경시하오. 세상은 있는 그대로의 나
를 보고 있소.

브루군트 그렇습니다! 당신은 당신의 명성을 강한 정신
으로 지켰습니다.

이사보 나는 열정을 가지고 있소, 다른 여인처럼 따뜻한
피를 가지고 있소. 나는 이 나라에 살기 위해 여왕으
로 왔지 빛나기 위해 온 것이 아니오.

운명의 저주로 인해 나의 꽃다운 청춘을 미친 남
편에게 바쳤기 때문에 내가 기쁘게 살아서는 아니

되오?

내 생명이상으로 나는 나의 자유를 사랑하오, 누
가 나를 여기서 상처 입히는가? — 왜 나로 하여금
나의 권리에 맞서 당신들과 싸우게 하는가?

그대들의 혈관 속에는 냉혹한 피가 깊숙히 흐르
고 있소, 그대들은 기쁨을 모르오, 단지 분노만을!

그리고 평생토록 악과 선 사이에서 흔들거린 이
공작은 진심으로 미워할 줄도 사랑할 줄도 모르는
군요. — 나는 멜륀[1]으로 가겠소, 나에게 저기 저
사람을 주시오.

(리오넬를 가르키면서) 내 마음에 드는 저자를 심심
풀이로 같이 있게끔 해 주시오, 그리고 마음대로
하시오! 브루군트 사람들에 대해서도 영국 사람들
에 대해서도 아무것도 묻지 않겠소.

(이사보는 자신의 시동에게 눈짓을 하고 퇴장한다.)

리오넬 믿으시오. 우리들이 빼앗은 가장 아름다운 프란
켄 소년들을 멜륀으로 보내겠소.

이사보 (되돌아오면서) 당신은 검으로 마구 치는데 아마
쓸모가 있는 것 같소. 프랑켄 남자는 기분좋은 말만
할 줄 알지.

(이사보는 퇴장한다.)

---

1) Melün: 파리의 남쪽 세느강 가의 도시.

제 3 장

탈보트 브루군트 리오넬.

탈보트 이상한 여자군!

리오넬 이제 여러분의 의견을!

계속 도망을 해야 하는지 오늘의 수치를 벗기 위
하여 반격을 가해야 하는지요?

브루군트 우리들은 너무나 약하고, 백성들은 흩어졌소,
군대에서는 놀라움이 아직 가시지 않았소.

탈보트 눈에 보이지 않는 공포가 우리를 패하게 했을 뿐
이오. 순간적인 느낌이 이 끔찍한 환상의 두려움은 자
세히 보면 아무 것도 아닌 것으로 사라질 것이오. 그
때문에 내 충고는 날이 새면 강을 건너 적에게로 되돌
아가자는 것이오.

브루군트 생각해봅시다. —

리오넬 당신이 허락한다면. 여기서 아무것도 생각할 것
이 없습니다. 우리들은 잃어버린 것을 빨리 다시 얻거
나 그렇지 않으면 영원히 욕을 먹을 것입니다.

탈보트 결정했소. 내일 공격합시다.

우리 백성을 눈멀게 하고 용기를 빼앗는 놀라움

의 환상을 파괴하기 위하여 이 처녀 모습의 악마와
사적인 전투로 겨루어 봅시다. 그녀를 우리들의 용
감한 검 아래 있게 합시다, 그러면 그녀가 우리들
을 해친 것은 마지막이 될 것이오.

　　그녀가 나서지 않으면, 그녀가 진지한 싸움을 피
하면 군대는 마술에서 풀리오.

리오넬　　그렇게 합시다! 어떤 피도 흘러서는 안 되는 이
가벼운 싸움을 나에게 넘기시오. 나는 이 유령을 산채
잡을 생각입니다. 그리고 그녀의 정부인 바스타르의
눈앞에서 군사를 즐겁게 하기 위해 영국의 진영에서
이 팔에 그녀를 안을 것입니다.

브루군트　　너무 많은 것을 약속하지 마시오.

탈보트　　내가 그녀를 잡겠소,

　　나는 그녀를 그렇게 부드럽게 안을 생각은 없소.
오라, 가벼운 잠을 통해 생기가 돋은 피곤한 자연
이여, 동이 트면 출발합시다. (그들이 퇴장한다.)

제 4 장

투구를 쓰고 깃발을 든 요한나. 그러나 그 외에는 여성 복장이
다. 뒤노아. 라 이르. 기사들 그리고 군인들이 바위 길 위에 모
습을 들러내고 말없이 사라진다. 그리고 그 후 즉시 무대에 등장
한다.

요한나   (행렬이 아직도 전진하는 동안 요한나를 둘러싼 기사들에
게) 장벽에 다다랐습니다. 우리들은 진영에 와 있습니
다!

그대들의 조용한 행렬을 삼킨, 침묵을 지킨 밤의
복면을 벗어 던지시오, 그리고 커다란 함성을 통해
적에게 그대들이 가까이 있음을 알리시오 — 신과
처녀다!

모두들   (거친 무기 소리가 들리는 가운데 크게 외친다.) 신과
처녀다! (북소리와 트럼펫)

보 초   (무대 뒤에서) 적이다! 적이다! 적이다!

요한나   횃불을 이리로 가져오시오! 불을 천막 속으로 던
지시오! 불꽃의 분노가 놀라움을 증가시키고 죽음이
위협하면서 그들을 둘러싸기를!

(군인들이 서둘러 전진하고, 요한나가 따르려 한다.)

뒤노아　（요한나를 붙잡는다.）요한나, 그대는 의무를 다했소! 그대는 우리들을 진영 한가운데로 인도했소.

　　그대는 적을 우리 손에 넘겼소. 이제는 전투에서 물러서시오. 피비린내 나는 결정을 우리들에게 넘기시오.

라 이르　군대에 승리의 길을 표시하시오. 우리 앞에서 순결한 손에 깃발을 드시오.

　　그렇지만 검을, 치명적인 것을 직접 들지는 마시오. 전투의 잘못된 신을 시도하지 마시오. 그는 눈멀고 보호없이 군림하기 때문이오.

요한나　누가 나를 멈추게 할 수 있는지요? 누가 나를 이끄는 영에게 명령할 수 있는지요? 화살은 손이 이끄는 곳으로 날아가야만 합니다.

　　위험이 있는 곳에 요한나가 있어야 합니다. 오늘, 여기에서 패하라고 저에게 운명지워져 있는지 않습니다.

　　나는 나의 왕의 머리 위에서 왕관을 보아야만 합니다. 신이 나에게 명한 것을 이루기 전에는 어떤 적도 이 생명을 나에게서 빼앗지 않을 것입니다.

　　（요한나가 퇴장한다.）

라 이르　자, 뒤노아! 영웅을 따릅시다. 그리고 그녀의 용감한 가슴을 방패로 삼읍시다!

제 5 장

영국 군인들이 무대에서 달아난다. 이후 탈보트가 등장.

첫 번째 군인   소녀다! 진영 한가운데!

둘째 군인   이럴 수가! 절대로 그럴 리가 없다! 그녀가 어떻게 진영 안으로 왔단 말인가?

셋째 군인   공중으로! 악마가 그녀를 돕지.

네 번째와 다섯 번째 군인   도망가라! 도망가라! 우리 모두 죽는다! (퇴장한다.)

탈보트   (온다.) 그들은 말을 듣지 않는군. ─ 그들이 내편에 서지 않으려 하다니!

　순종의 모든 끈이 풀렸다. 마치 지옥이 저주받은 영들의 무리를 내뱉는 것처럼 광기가 용감한 사람과 비겁한 사람들을 앗아간다. 내가 작은 양 떼 한 마리조차도 진영으로 몰려오는 적의 물결에 맞서게 하지 못하다니!

　─ 나만 유일하게 말짱한 사람이며 모두들 내 주변에서 뜨거운 열기 속에서 미쳐 날뛰어야만 하는가? 우리들이 전투에서 스무번이나 이긴 프랑켄의 이 비급한 자들 앞에서 도망을 가다니!

갑자기 전투의 행운을 바꾸고 수줍은 군대를 연
약한 양에서 사자로 바꾼 경악의 여신은 누구란 말
인가?

능숙하게 영웅 역할을 하는 요술쟁이가 진정한
영웅들을 놀라게 해야 하는지? 여자가 나의 모든
승리의 명성을 빼앗아 갔는가?

군 인   (쓰러지듯 들어온다.) 소녀입니다! 도망가시오! 도
망가시오, 지휘관님!

탈보트   (군인을 밀쳐 버린다.) 네 놈이나 지옥으로 도망쳐
라! 나에게 두려움에 관하여, 비겁한 도주에 관하여
말하는 자는 이 검으로 찌를 것이다!

(탈보트가 퇴장한다.)

제 6 장

전경이 열린다. 영국 진영이 온통 불꽃에 휩싸여 있는 것이 보인
다. 북소리, 도망, 추적. 잠시 후 몽고메리가 등장한다.

몽고메리 (혼자서) 어디로 도망을 가야하는가? 적들은 사
방에 있고, 죽음이 나를 기다리는구나! 이곳에는 검으
로 위협하여 도망을 막고 우리를 죽음으로 몰아붙이
는 분노한 장교, 저 곳에는 불꽃처럼 날뛰는 끔직한
자들 — 몸을 숨길 수풀도 없고 안전한 동굴도 없구
나!

오, 내가 바다를 건너 배를 타고 오지 말았어야
했는데. 나, 불행한 자! 프랑켄 전쟁에서 값싼 명
예를 찾으려는 헛된 망상이, 죽음의 운명이 나를
이 피비린내 나는 살육의 전투로 이끌었다. — 이
곳에서 먼 꽃이 피는 물가 안전한 아버지의 집에
있었더라면, 나를 원망하는 나의 어머니와 나의 아
름다운 신부가 있는 그 곳에.

(요한나가 멀리서 나타난다.)

아! 내가 무엇을 보고 있는지! 저기 끔찍한 여자
가 나타난다! 악마의 구덩이에서 밤의 유령이 나오

듯 화염 속에서 빛을 발하면서 나온다. — 나는 어디로 도망쳐야하는지! 이미 그녀는 불같은 눈으로 나를 사로잡고는 멀리서부터 시선의 갈고리를 나에게 던지는구나.

내 발 주변을 마술의 실타래가 꽉 감고 그렇게 그녀는 나를 도망치지 못하게 하다니!

(요한나가 몇 걸음 몽고메리에게 다가선다, 그리고 다시 멈추어 선다.)

그녀가 가까이 온다! 분노한 그녀가 먼저 공격할 때까지 나는 기다리지 않겠다! 그녀의 무릎을 잡고 나의 목숨을 간청하겠다, 그녀는 여자다. 눈물을 보여 그녀를 약하게 할 수 있을지도 모른다!

(몽고메리가 요한나에게 가려고 하자 요한나가 빨리 몽고메리에게 다가 선다.)

제 7 장

요한나. 몽고메리.

요한나   너는 죽었다! 너는 영국인이다.

몽고메리   (요한나의 발에 주저앉는다.) 끔찍한 짓을 멈추시
오! 저항하지 않는 자를 죽이지 마시오, 나는 검과 방
패를 던져 버렸소. 당신의 발에 몸을 굽히고 간청하
오.

　생명의 빛을 주시고 돈을 가져가시오. 나의 아버
지는 아름다운 발리에서 부유하게 살고 있소, 그
곳에는 푸른 목초 사이로 굽이치는 사베르네 강의
은빛 같은 강물이 흐르고 오십 여 마을이 그의 통
치를 받고 있소.

　그는 내가 프랑켄 진영에 아직도 살아 있다는 소
식을 들으면 많은 금으로 사랑하는 아들을 구할 것
이오.

요한나   멍청이! 패배자! 너는 처녀의 손에 들어와 있으
며 그녀에게서는 구원도 구조도 기대할 수 없다.

　불행이 너를 악어의 폭력, 범의 아궁이 속으로
던졌다면, 네가 어미 사자에게서 어린 사자를 빼앗

았다면 동정과 온정을 발견할 수 있을 것이다. 그렇지만 처녀를 만난 것은 치명적이다.

전투의 신이 나에게 보낸 모든 살아 있는 것을 검으로 죽이라는 끔찍한 계약이 나로 하여금 영의 제국, 강하고 상처입지 않은 제국에 의무를 다하게 하기 때문이다.

몽고메리 당신의 연설은 끔찍하오, 그렇지만 당신의 시선은 부드러우며, 가까이 보니 당신은 무섭지 않소. 사랑스러운 모습에 내 마음이 끌리오.

오, 당신의 아름다운 여성의 온화함에, 당신에게 간청하오. 나의 젊음을 불쌍히 여기기를!

요한나 나의 여성을 찬미하지 말아라! 나를 여자라고 부르지 말라.

지상의 방법으로는 결혼하지 않는 육신 없는 영처럼 나는 인간의 어떤 성에도 속하지 않는다, 이 갑옷은 어떤 마음도 은폐하지 않는다.

몽고메리 모든 사람들이 충성을 맹세하는 사랑의 성스러운 법을 두고 나는 맹세하오.

집에 나는 착한 신부를 두고 왔소. 당신처럼 아름다우며 한창 피어나는 신부는 울면서 사랑하는 자의 귀환을 학수 기대하고 있소.

오, 당신 스스로 사랑하기를 원한다면 사랑을 통해 행복하기를 원한다면! 사랑의 맹세가 묶은 두 마음을 가르지 마시오!

요한나 너는 나에게는 성스럽지도 존경스럽지도 않은 모든 지상의 낯선 영들에게 외치는구나. 나는 네가 나에게 맹세하는 사랑의 동맹에 대해서는 아무 것도 모른다. 그리고 나는 그 사랑의 헛된 임무에 대해서 알지 않을 것이다.

너의 목숨을 방어하라, 죽음이 너를 부르기 때문이다.

몽고메리 오, 떠나 온 나의 불쌍한 부모님을 가련하게 여기시오. 당신도 당신 걱정으로 괴로워하는 부모를 떠나 왔을 것이오.

요한나 불행한 자여! 너는 나로 하여금 이 나라의 얼마나 많은 어머니들이 아이들을 잃고, 얼마나 많은 자녀들이 아버지없이, 그리고 얼마나 많은 혼약한 신부들이 너희들로 인해 과부가 되었는지 상기시켜 주는구나.

영국의 어머니들도 이제 절망을 경험할 것이며 프랑스의 가련한 아내들이 흘린 눈물을 배우게 될 것이다.

몽고메리 오, 울어 줄 사람도 없는 낯선 곳에서 혼자 죽어야 하는 것은 힘들구나.

요한나 누가 너희들을 낯선 땅에서 들판의 무성한 번영을 황폐시키고 우리들을 고향의 부엌에서 쫓아내고 전쟁의 화염을 이 성스러운 도시에 던지게끔 했는가?

너희들은 자유로이 태어난 프랑켄을 노예의 수치 속에 밀어넣고 이 위대한 땅, 보트 같은 땅을 너희들의 오만한 배에 묶으려 헛된 망상 속에서 꿈을 꾸고 있다!

너희 멍청이들이여! 프랑스 왕의 방패는 신의 옥좌에 걸려 있다. 영원히 하나가 되어 있는 이 왕국에서 마을 하나를 떼어 내는 것보다 천상의 마차로부터 별 하나를 떼어 내는 것이 쉬울 것이다. ― 복수의 날이 왔다. 너희들은 살아서 성스러운 바다를 건너지 못할 것이다. 신이 너희와 우리 사이에 나누어 놓은 그 바다를, 너희들이 뻔뻔스럽게 건너 온 그 바다를.

몽고메리   (요한나의 손을 뿌리친다.) 오, 내가 죽어야만 하다니! 죽음의 공포가 나를 끔찍하게 사로잡는구나.

요한나   이 녀석, 죽어라! 왜 죽음 앞에서, 빠져나갈 수 없는 운명 앞에서 그렇게 나약하게 떠는가? ― 나를 보아라! 보아라!

나는 처녀에 불과하다. 양치기로 태어났으며 죄 없는 목자의 지팡이를 잡은 이 손은 검에 익숙하지 않다.

그렇지만 고향의 초원, 아버지의 가슴, 언니들의 사랑스러운 품을 떠나 나는 **여기로** 와야만 했다,

나는 — 자신의 욕망이 아니라 신의 목소리가 나를
몬다 — 나를 기쁘게 하기 위해서가 아니라 **너희들**
에 대한 쓰라린 원한 때문에 공포의 유령을 내보내
야 한다. 죽음을 퍼트리고 마침내 죽음의 희생이어
야만 한다!

기쁜 귀향의 날을 나는 보지 못할 것이다, 아직
너희들 중 많은 이들을 죽음으로 몰 것이다, 아직
더 많은 과부를 만들 것이다, 그러나 결국 나도 죽
을 것이며 나의 섭리를 이룰 것이다.

— 너는 너의 의무를 행하라. 검을 잡고 생명의
달콤한 먹이를 위해 싸우자.

몽고메리　(일어선다.) 당신도 나처럼 죽는다면, 그리고 무
기가 당신을 상처 입힌다면 당신을 지옥으로 보내면
서 영국의 난관에 막을 내리는 데 나의 팔을 사용할
수 있을 것이오.

신의 은혜로운 손에 나는 나의 운명을 맡기겠소.

저주받은 당신의 지옥의 영들에게 도와 달라고
외치시오!

당신의 목숨을 보호하시오!

(몽고메리는 방패와 검을 잡고 그녀에게 다가온다. 전쟁
의 음악이 멀리서 울린다. 짧은 격투 다음 몽고메리가 쓰러
진다.)1)

---

1) 역사상의 요한나는 검으로 몽고메리를 죽이지 않고 그녀의 깃발만을

제 8 장

요한나 혼자서.

너는 스스로 죽음을 자초했다. — 지옥으로 꺼져라! (요한나는 몽고메리에게서 물러나 생각에 잠겨 서 있다.)

고귀한 처녀, 그대는 내 속에서 강력한 것을 작용하시는군요! 그대는 비 전투적인 팔을 힘으로 무장시키고, 그대는 단호함으로 이 가슴을 무장시키고 있군요.

동정 속에서 영혼이 녹고 손이 떨립니다. 마치 성스러운 신전으로 들어가 적의 피어나는 육신을 상처 입히려는 것처럼, 이미 쇠의 번쩍이는 날카로움 앞에 나는 떨고 있습니다. 그렇지만 필요한 경우 힘은 즉시 나에게 있었답니다. 검은 떨리는 손 안에서 마치 살아있는 영처럼 절대로 길을 잃지 않는군요.

들었다고 한다.

제 9 장

가면을 쓴 기사[2] 한 명. 요한나.

기 사   저주받은 자여! 너의 시간이 왔다. 나는 모든 전
      쟁터에서 너를 찾았다. 저주받을 유령이여, 네가 나온
      지옥으로 되돌아가라.

요한나   나쁜 천사가 나에게 보낸 당신은 누구신지요? 당
      신의 품위 있는 모습을 보니 영주같군요. 영국 사람같
      이 보이지도 않군요.

      나의 칼끝이 향하는 브루군트의 허리띠가 당신이
      누구인지 말해주기 때문이오.

기 사   저주받은 자여, 너는 영주의 고귀한 손에 죽지도
      못한다. 브루군트 영주의 용감한 칼이 아니라. 형리의
      도끼가 너의 저주받은 머리를 몸체로부터 분리해야
      한다.

요한나   당신이 바로 공작이시군요?

기 사   (가면을 벗는다.) 나다. 가련한 자여 떨고 절망하

---

2) 사람들은 오랫동안 이 흑기사를 탈보트의 지옥령으로 해석했다. 이는
   다음 장면에서의 전환을 준비하기 위해 쉴러가 호머의 『일리아스 Ilia
   s』에 나오는 환상과 세익스피어의 유령 출현을 도입한 것임.

라! 사탄의 요술은 더 이상 너를 보호하지 않는다, 너는 지금까지 약한 자만을 이겼다. 한 남자가 너 앞에 서 있다.

제 10 장

뒤노아와 라 이르가 앞 사람들에게.

뒤노아   브루군트, 돌아서시오!

　　　남자들하고 싸우시오, 처녀하고가 아니라.

라 이르   우리들은 예언자의 성스러운 머리를 보호하오,

　　　당신의 칼이 먼저 이 가슴을 찔러야 하오 ─

브루군트   나는 이 창녀 같은 요부를 두려워하지 않네. 그

　　　녀가 그렇게 변화시킨 당신들이 더 두렵지. 부끄러워

　　　하라, 바스타르, 굴욕을 느껴라. 라 이르, 당신은 오

　　　래된 용기를 지옥의 요술로 격하시키고 악마같은 창

　　　녀의 비천한 종으로 만들고 있네.

　　　이쪽으로 오라! 나는 너희 모두에게 그것을 보여

　　　주겠노라! 신의 보호를 의심하는 자는 악마에게로

　　　도망치지.

　　　（그들은 싸울 태세를 갖춘다. 요한나가 그들 사이에 들어

　　　선다.）

요한나   멈추시오!

브루군트   너의 정부 때문에 떠는가? 너의 눈앞에서 그는

　　　─ （뒤노아 쪽으로 다가간다.）

요한나   멈추시오!

　　라 이르, 그들을 떼 놓으시오 — 어떤 프랑스인
도 피를 흘려서 안 됩니다! 검들이 이 싸움을 결정
해서는 안됩니다. 다른 것이 운명을 결정합니다 —
그만두시오. — 나를 통해서 말하는 하느님의 말을
듣고 존경하시오!

뒤노아   그대는 왜 나의 들어올린 팔을 막으며 검의 피비
린내 나는 결정을 막는가? 검이 번쩍이었소, 단숨에
프랑스에 복수하고 화해해야만 하오.

요한나   (가운데 들어서서 두 부분을 넓은 공간으로 나눈다. 바스
타르에게) 옆으로 서시오!

　　(라 이르에게) 꼼짝말고 멈추어 서시오! 나는 공작
과 할 이야기가 있습니다.

　　(모두 조용해진 다음)

　　브루군트, 당신은 무엇을 원합니까? 당신의 시선
이 살인적으로 찾고 있는 적은 누구입니까? 이 고
귀한 왕자는 당신과 같은 프랑스의 아들입니다, 이
용감한 자는 당신의 친구이며 같은 고향 사람입니
다.

　　나 자신도 당신 조국의 딸입니다. 당신이 처치하
려는 우리 모두 당신에게 속합니다. — 우리들의
팔은 당신을 받아들이려고 열려 있습니다. 우리의
무릎은 당신을 존경하기 위하여. — 우리들의 검은

당신을 향해 있지 않습니다. ─ 우리들 왕의 고귀
한 모습을 담고 있는 얼굴은 적의 투구안에서조차
존경스럽습니다.

브루군트 비위를 맞추는 달콤함 말로 너, 요부는 너의 희
생자를 유혹하려 하는구나.

사악한 자여, 너는 나를 속이지는 못 할 것이다.
나의 귀는 너의 연설의 고리 앞에 보호되고 있으며
너의 눈의 불같은 화살은 나의 가슴의 좋은 갑옷을
스쳐 지나간다.

뒤노아, 무기를 들어라! 말로써가 아니라 격투
로 싸우게 하라!

뒤노아 먼저 말하고 그리고 싸웁시다. 당신은 말하는 것
을 두려워하고 있소? 그것도 비겁함이며 나쁜 일의
배반자요.

요한나 어쩔수 없는 고난이 우리들을 당신에게로 모는
것이 아닙니다, 애원하는 자로서 우리들은 당신 앞에
나타난 것이 아닙니다. ─ 당신 주위를 둘러보시오!

영국 진영은 재 속에 있으며 당신들의 시신이 들
판을 덮고 있습니다. 당신은 프랑켄의 전쟁 나팔소
리를 듣고 있습니다,

신이 결정을 했습니다, 승리는 우리의 것입니다.
아름다운 월계관의 금방 꺾은 가지를 우리들의 친
구와 나누려고 합니다.

— 오, 이쪽으로 오시오! 고귀하신 도망자여, 오시오! 정의와 승리가 있는 곳으로 넘어오시오, 신이 보낸 자인 나 자신도 당신에게 누이 같은 손길을 보냅니다. 나는 당신을 순수한 우리편으로 이끌어 구원하고자 합니다! —

하늘은 프랑스편입니다. 당신이 보지 못하는 하늘의 천사들은 왕을 위하여 싸웁니다, 그들은 모두 백합으로 장식하고 있습니다, 이 깃발처럼 흰 것이 우리들의 일입니다. 순결한 처녀는 숫처녀의 상징입니다.

브루군트   거짓의 환상적인 말이 옭아매고 있다, 그렇지만 그녀의 연설은 아이의 연설 같다. 나쁜 영들이 그녀를 통해 이 말을 한다면 그들은 죄없는 채 할 뿐이다.

나는 더 이상 듣고 싶지 않다. 무기를 들라! 나의 귀는 나의 팔보다도 약한 것을 느끼는구나.

요한나   당신은 나를 마녀라고 부르며 지옥의 요술에게 책임을 넘깁니다. — 평화를 이루고 증오를 화해시키는 것이 지옥의 일입니까? 화해는 영원한 늪에서 나옵니까?

무엇이 죄가 없고, 성스러우며 인간적으로 좋은 것입니까? 전쟁이 조국에 관계되지 않는다면?

언제부터 자연은 하늘이 정의로운 일을 버리고

악마가 그 일을 보호할 정도로 그렇게 자신과 싸우
는지요?

내가 당신에게 말하는 것이 좋은 것이라면 위에
서부터 아닌 어느 다른 곳에서 내가 그것을 할 수
있겠습니까? 누가 양치는 순진한 소녀를 왕의 일에
쓰도록 내게 왔겠습니까?

나는 높으신 영주들 앞에 서 본적이 없습니다,
연설의 기술은 입에 낯섭니다. 그렇지만 이제 당신
마음을 움직일 필요가 있기에 나는 통찰력과 높은
사물에 대한 지식을 지니고 있습니다. 조국과 왕의
운명은 태양처럼 밝게 나의 눈앞에 놓여있습니다,
그리고 뇌우 같은 말을 합니다.

브루군트   (생기를 띤다. 요한나 쪽을 보면서 요한나를 놀라움과
감동으로 관찰한다.) 내가 어떻게 되는 것인가, 나에게
무엇이 일어나고 있는지? 가장 깊은 가슴속의 내 마
음을 돌리는 것은 신인가!

─ 그녀의 이 감동적인 모습이 속이는 것이 아니
라니! 아니야! 아니야! 나는 악마의 힘을 통해 눈
이 멀었다, 그것은 하늘의 힘을 통해서다, 내 마음
이 말한다, 그녀는 신에 의해 보내졌다고.

요한나   그의 마음이 움직였어요, 그가! 내가 헛되이 간
청한 것이 아니랍니다. 분노의 먹구름이 그의 이마에
서 눈물처럼 녹으며 눈에서는 평화를 내뿜으면서 황

금태양이 흘러나오는군요.

　— 무기를 치우시오 — 가슴과 가슴을 안으시오
— 그가 울고 있군요, 그가 항복했습니다, 그는 우
리편이예요!

　(요한나는 검과 깃발을 내려놓고 팔을 활짝 펴고 브루군
트에게 가서 그를 열정적으로 껴안는다. 라 이르와 뒤노아
도 검을 내려놓고 브루군트를 서둘러 안으려 한다.)

제 3 막

마르네강가의 살롱에 있는 왕의 궁중 진영.

제 1 장

뒤노아와 라 이르.

뒤노아　우리들은 마음의 친구였으며 동지였소. 하나의
목적을 위하여 무기를 들었소. 고난과 죽음 속에서도
함께 했소.

　　여자에 대한 사랑 때문에 모든 운명의 교체를 참
아낸 끈을 끊어지게 하지 마시오.

라 이르　왕자는 내 말을 들으시오!

뒤노아　자네는 기적의 소녀를 사랑하고 있소. 자네가 무
슨 생각을 하고 있는지 알 것 같네.

　　왕에게 가서 처녀를 선물로 달라고 왕에게 청할
생각이겠지.— 자네의 용기에 왕은 그 공을 거절할
수 없을 것이고. 그렇지만 아시오, — 내가 다른
사람의 팔 속에 있는 그녀를 보기 전에, —

라 이르　왕자여 내 말을 들으시오!

뒤노아　순간의 욕망이 나를 그녀에게 이끈 것이 아니오.

　　내가 기적의 여인을 만날 때까지 어떤 여인도 내
마음을 움직이지 못했소.

　　이 왕국에게는 구원자이며 내게는 아내로 정해진
신이 보낸 이 놀라운 여인을 본 순간에 나는 그녀

를 신부로 집으로 데리고 갈 것을 굳게 맹세했소.

강한 여인만이 강한 남편의 친구가 될 수 있기 때문이오, 이 불타는 가슴은 그의 힘을 잡고 참아 낼 수 있는 같은 가슴에 쉬기를 갈망하오.

라 이르 나의 약한 공적이 어떻게 당신의 명성과 겨누기를 감행하겠습니까, 왕자여!

뒤노아 백작이 도전하는 곳에서는 모든 다른 지원자는 피해야만 합니다. 그렇지만 천한 양치기가 당신 옆에 아내로 설 수는 없습니다. 당신의 혈관에 흐르는 왕족의 피는 그런 천한 결합을 경멸합니다.

뒤노아 그녀는 나와 같은 성스러운 자연, 신의 아이이며 나와 동등하오.

그녀는 순결한 천사의 신부이며, 지상의 왕관보다 더 밝은 신의 빛이 머리를 둘러싸고 있소, 이 지상의 모든 위대한 것과 최고의 것을 그녀의 발 아래에서는 작아 보이게 하므로 그녀는 영주의 손을 받아드려야 하오.

별까지 쌓아 올린 영주들의 왕좌들도 그녀가 서 있는 높이에는 이르지 못할 것이오.

라 이르 왕이 결정하실 것입니다.

뒤노아 아니, 그녀 스스로 결정할 것이오! 그녀는 프랑스를 해방시켰으며 그녀 마음도 스스로 자유로이 주어야하오.

라 이르 왕이 오십니다!

제 2 장

카를, 아그네스 소렐, 뒤 샤텔, 대주교, 샤틸론이 앞 사람에게.

카 를 (샤틸론에게) 그가 온다고! 그는 나를 왕으로 인정
하고 나에게 순종하려 한다고 자네는 말하는가?

샤틸론 여기, 이 왕의 도시 샬롱에서 공작은 당신의 발에
몸을 던지고자 합니다. — 당신을 나의 주인으로, 왕
으로 맞으라고 저에게 명령했습니다. 곧 따라 들어올
것입니다. 그가 즉시 다가 올 것입니다.

소 렐 그가 오다니! 기쁨과 평화와 화해를 가져오는 오,
아름다운 태양이여!

샤틸론 나의 주인은 이백 명의 기사들과 함께 올 것입니
다. 그는 당신에게 무릎을 꿇을 것입니다. 그렇지만
당신은 그것을 참지 않고 당신의 사촌으로 그를 포옹
할 것을 기대합니다.

카 를 그의 가슴을 안을 것을 생각하니 기쁘구나.

샤틸론 공작께서는 첫 재회 때 오래된 싸움이 화제가 되
지 않도록 부탁하셨습니다!

카 를 지난간 것은 망각 속에 영원히 가라앉을 것이오.
우리들은 미래에 기쁜 날만 보기를 원하오.

샤틸론 브루군트를 위하여 싸운 모든 자를 화해로 받아
들여야 할 것입니다.

카 를 나는 그렇게 나의 왕국을 두 배로 할 것이오!

샤틸론 이사보 여왕이 그를 받아드린다면 그녀도 함께
평화 속으로 받아들여야 합니다.

카 를 그녀는 나와 전쟁을 하고 있소, 내가 그녀와 하는
것이 아니오. 그녀 스스로 전쟁을 끝내면 우리의 싸움
은 끝이네.

샤틸론 열두 명의 기사가 당신의 말을 보증해야 합니다.

카 를 나의 말은 성스럽네.

샤틸론 그리고 대주교는 당신과 그 사이에 진실된 화해
의 표시로 성체를 나누어야 합니다.

샤틸론 (뒤 샤텔에게 눈짓으로) 여기 나는 그의 존재가 첫
인사를 망치게 할 사람이 있음을 봅니다.

　　　(뒤 샤텔이 말없이 간다.)

카 를 가시오, 뒤 샤텔! 공작이 자네의 모습을 참을 수
있을 때까지 숨어 있도록 하시오!

　　　(왕은 눈으로 뒤 샤텔을 전송한다. 그리고 나서는 서둘러
가 그를 안는다.)

　　　진정한 친구여! 자네는 나의 평온을 위하여 이보
다 더한 것이라도 했을 것이오! (뒤 샤텔이 퇴장한
다.)

샤틸론 다른 문제점은 이 문서가 말할 것입니다.

카 를 (대주교에게) 그렇게 하도록 하시오. 우리들은 모든 것을 허락합니다, 한 사람의 친구를 위해서는 어떤 대가도 비싸지 않습니다.

뒤노아, 가시오! 백 명의 고귀한 기사를 데리고 공작을 정중하게 맞아들이시오. 모든 군대는 그 형제들을 맞기 위해 가지로 장식해야 하오. 축제를 위해 전 도시가 장식해야 하며 모든 종을 울려 프랑스와 브루군트가 새로이 동맹을 맺었다는 사실을 알려야 하오.

(기사의 시종이 들어온다. 트럼펫 소리가 들린다.)

들어 보시오! 트럼펫 소리가 무엇을 의미하는지.

시 종 브루군트 공작이 입성 합니다.(퇴장한다.)

뒤노아 (라 이르와 샤틸론과 함께 간다.) 갑시다! 그에게!

카 를 (소렐에게) 아그네스, 울고 있소? 이 순간을 참는 강함이 내게서 무너질 것 같소. 우리들이 평화로이 다시 만날 때까지 얼마나 많은 희생자들이 죽었는지.

그렇지만 마침내 모든 강풍의 분노는 잦아들고 가장 두꺼운 밤은 낮이 되고 있소, 그리고 때가 오고 있소, 그렇게 가장 늦은 과일도 익다니!

대주교 (창가에서) 공작은 밀려든 사람들을 어떻게 할 수가 없군. 그들은 공작을 말에서부터 들어 내리고 그의 외투에, 말굽에 키스를 하고 있소.

카 를 분노에서처럼 사랑에서도 빨리 타오르는 것은 착

한 백성이구나. — 바로 이 공작이 그들의 아버지와
아들들을 쳤다는 사실이 얼마나 빨리 잊혀지는지, 순
간이 전 생을 삼키다니!

　— 정신차리시오, 소렐! 당신의 격렬한 기쁨도
그의 영혼에 해가 될 것이오, 아무 것도 그로 하여
금 여기서 부끄럽게 해서도 슬프게 해서도 안되오.

제 3 장

앞 사람들. 브루군트의 공작. 뒤노아. 라 이르. 샤틸론과 공작의
수행원 중 다른 두 명의 기사. 공작은 입구에 멈추어 서고 왕은
그를 향해 간다. 브루군트가 다가가 무릎을 꿇려는 순간 왕이 그
를 안는다.

카 를 자네가 우리를 놀라게 했군. — 자네를 데리러 가
려 했소 — 하지만 자네는 빠른 말들을 가지고 있구
려.

브루군트 그들이 나의 의무를 이행하게 했습니다.

(그는 소렐을 안고 이마에 키스를 한다.) 죄송합니다
만은 아주머니, 이것은 **아라스**에서 우리 남자들의
권리이며 어떤 아름다운 여자도 그것을 거절해서는
안됩니다.

카 를 자네들의 궁정은 사랑의 궁정이라고 사람들은 말
하지. 모든 아름다운 것이 쌓여 있는 시장이라고.

브루군트 나의 왕이시여, 우리들은 장사를 하는 백성입
니다. 모든 기후에도 값지게 성장하는 것은 부리거1)
시장에 즐기게끔, 구경하게끔 전시됩니다. 그러나 모

---

1) Brügg: 한자 동맹에 가입한 중요한 도시의 하나.

든 재산 중에서 가장 고귀한 것은 여성들의 아름다움
입니다.

소 렐 여성의 성실은 더 높은 가치가 있습니다. 그렇지
만 시장에서는 살 수 없지요.

카 를 사촌이여, 자네는 여성의 가장 아름다운 덕성을
욕보인다는 나쁜 소문 속에 있네.

브루군트 그런 소문은 스스로를 가장 무겁게 벌합니다.
나의 왕이시여! 뒤늦게 거친 삶이 나에게 가르친 것을
당신에게는 일찍이 가슴이 가르쳤습니다!

　　(브루군트는 대주교를 보고는 그에게 손을 내민다.)

　　신의 존경스러운 분이시여! 당신의 축복이 있기
를! 사람들은 당신을 늘 적당한 장소에서 만납니
다, 당신을 발견하고자 하는 사람은 선으로 변해야
합니다.

대주교 나의 스승은 원하면 부릅니다. 이 가슴은 기쁨으
로 가득하고 나는 기쁘게 떠날 수 있습니다, 나의 눈
이 이 날을 보았기 때문이죠!

브루군트 (소렐에게) 당신은 나에 대항하는 무기를 조달하
기 위해 고귀한 보석을 내놓았다고 사람들은 말하는
데? 어떻게 그럴 수가? 당신은 그렇게 전투적으로 생
각하십니까? 그렇게 진정으로 나를 망치려 했소?

　　그렇지만 우리들의 싸움은 이제 끝났습니다, 잃
어버린 것은 모두 다시 생깁니다. 당신의 보석도

되돌아 왔습니다. 이 보석은 나에 맞서 싸우는데 쓰도록 되어 있었소. 평화의 표시로 내 손에서 이 것을 받으시오.

(브루군트는 신하 한 사람으로부터 보석상자를 받아서 그것을 열어 소렐에게 넘긴다. 아그네스 소렐은 놀라서 왕 을 쳐다본다.)

카 를 선물을 받으시오. 그것은 나에 대한 아름다운 사 랑과 화해의 값진 증거가 될 것이오.

브루군트 (화려한 장미 한 송이를 아그네스 소렐의 머리에 꽂으 면서)

왜 이것이 프랑스의 왕관이 아닌지요? 나는 진 정으로 아름다운 머리 위에 이 왕관을 씌울 것입니 다.

(아그네스 소렐의 손을 의미있게 잡으면서.) 그리고 당 신들이 언젠가 친구를 필요로 한다면 나를 포함시 키시오!

(아그네스 소렐은 눈물을 터트리면서 옆으로 돌아서고 왕도 눈물을 참는다. 둘러선 모두들 감동하여 두 영주를 바 라 본다.)

브루군트 (모든 사람들을 차례로 쳐다보면서 왕의 팔에 안긴다.)

오. 나의 왕이시여!

(같은 순간 세 명의 브루군트 기사가 뒤노아, 라 이르 그 리고 대주교에게 달려가 서로 포옹한다. 두 영주는 한동안

　　　말없이 안고 있다.)

　　　　내가 당신을 증오할 수 있었다니! 내가 당신을
　　　거부할 수 있었다니!

카 를　　그만! 그만! 더 이상 아무 말도 하지 마시오!

브루군트　　저 영국인에게 왕관을 씌웠다니! 저 낯선 이에
　　　게 충성을 맹세하다니! 나의 왕을 멸망시키다니!

카 를　　잊으시오! 모든 것은 용서되었소. 이 순간이 모든
　　　것을 사라지게 하오. 그것은 운명이었소, 불행한 별이
　　　었소!

브루군트　　(왕의 손을 잡는다.) 나는 화해하고자 합니다! 믿
　　　으십시오, 나는 그것을 원합니다. 모든 고통이 당신에
　　　게서 사라져야만 합니다, 당신은 당신의 모든 왕국을
　　　되돌려 받아야 합니다. — 한 마을도 모자라서는 안
　　　됩니다!

카 를　　우리들은 하나요. 나는 어떤 적도 더 이상 두려워
　　　하지 않소.

브루군트　　나를 믿으시오, 나는 기쁜 마음으로 당신에게
　　　무기를 내민 것은 아니었소. 오, 당신들이 알았다면
　　　— 왜 당신은 나에게 이 여인을 보내지 않았는지요?
　　　(소렐을 가리키면서)

　　　　그녀의 눈물에 나는 버티지 못했을 것이오! 이제
　　　지옥의 어떤 힘도 더 이상 우리를 갈라놓지 못합니
　　　다, 우리들은 가슴과 가슴으로 맺어졌기에! 이제

나는 나의 진정한 귀를 발견했습니다. 이 가슴 속
에서 나의 방황은 끝이 납니다.

대주교 (두 사람 사이에 들어선다.) 그대 영주들은 하나가
되었소! 새로이 젊어진 불사조가 재에서 프랑스를 올
립니다. 아름다운 미래가 우리에게 미소짓고 있소.

나라의 깊은 상처가 나을 것이며, 황폐된 마을과
도시들은 폐허에서 일어설 것이오. 죽은 자는 더
이상 일어나지 못합니다. 들판은 새로운 녹색으로
덮일 것입니다 — 그렇지만 그대들 분쟁의 희생으
로 죽은 자들은 더 이상 일어나지 못합니다. 그대
들이 싸움에 흘린 눈물은 그대로 남아 있소! 태어
나는 세대는 피어날 것이지만 지나간 것은 비참함
의 노획물이오. 손자의 행복이 조상들을 더 이상
깨우지는 못하지요.

그것이 그대들 형제 분쟁의 열매입니다! 그것을
깨닫도록 하시오! 싸우기 전에 검의 신성함을 두려
워하시오. 힘센 자는 전쟁을 일으킬 수 있지만 독
수리처럼 공중에서 사냥꾼의 손으로 되돌아 갈 수
는 없소. 거친 신은 인간 목소리의 외침에 귀를 귀
울입니다. 구원자의 손은 오늘 같은 순간에 구름에
서 두 번 다시 나오지 않소.

브루군트 오, 주교님! 천사가 당신 편에 있습니다.

— 그녀는 어디에 있습니까? 그녀가 우리들에게

선사한 이 축제의 아름다운 순간에 왜 그녀는 보이
지 않습니까?

대주교 경이시여! 성스러운 소녀는 한가한 궁정의 고요
함을 사랑하지 않습니다, 그리고 신의 명령이 그녀를
세상의 빛으로 부르지 않으면, 비천한 눈의 텅 빈 시
선을 부끄러워 피하지요!

프랑스의 번영을 위하여 일하지 않을 경우 그녀
는 분명 혼자 신과 함께 이야기를 합니다, 축복이
그녀의 모든 걸음을 따르기 때문이오.

제 4 장

요한나가 앞사람들에게.

요한나는 갑옷을 입고 있으나 투구는 쓰고 있지 않다. 그리고 머리에 화관을 쓰고 있다.

카 를 요한나, 그대는 그대가 세운 동맹을 축복하기 위해 예언자로 장식을 하였는가?

브루군트 전투에서 처녀는 얼마나 끔찍했는지 그리고 이제 평화의 그녀는 얼마나 우아함으로 빛나는지!

요한나, 나는 나의 말을 지켰는가? 그대는 만족하며 나는 그대의 박수를 얻고 있는가?

요한나 당신은 당신 스스로에게 가장 큰 은혜를 보였습니다. 이제 당신은 축복이 가득한 빛 안에서 반짝입니다, 당신은 방금 핏빛 붉은 광채 속에서 하늘에 무서운 달을 걸었기 때문입니다.

(둘러보면서) 많은 고귀한 기사들이 여기 모여 있는 것을 발견합니다. 그리고 모든 눈들이 기쁨으로 밝게 빛납니다, 모든 사람들이 환호를 하는 곳에서 자신을 숨겨야 하는 단 한 명의 슬픈 사람을 만나

지 못하고 있군요.

브루군트   우리들의 자비를 의심해야 할 정도로 그렇게 무거운 죄를 의식하고 있는 자가 누구인가?

요한나   그가 가까이 와도 되는지요? 그가 그렇게 해도 되는지 말 해주시겠어요? 당신의 공적을 완벽하게 하세요. 가슴을 완전히 열지 않는 용서는 용서가 아닙니다. 기쁨의 잔에 남아 있는 한 방울의 증오는 축복의 술을 독으로 만듭니다.

  — 브루군트가 이 기쁨의 날에 용서하지 않을 정도로 그렇게 피비린내 나는 불의는 없습니다!

브루군트   하, 무슨 말인지 알겠다!

요한나   용서하시려는지요? 공작님, 그것을 원하시는지요? — 뒤 샤텔, 들어오십시오!

  (요한나는 문을 열고 뒤 샤텔을 안으로 안내한다, 뒤 샤텔은 떨어져 서 있다.)

  공작님은 그의 모든 적과 화해를 했습니다, 그는 당신과도 화해를 해야 합니다.

  (뒤 샤텔은 몇 걸음 더 다가서서 공작의 눈을 읽으려 한다.)

브루군트   요한나, 나를 가지고 어떻게 하려 하는가? 그대가 무엇을 요구하는지는 알고 있겠지?

요한나   너그러운 주인은 모든 손님을 위해 문을 엽니다, 아무도 내보내지 않지요, 창공이 세상을 자유롭게 둘러싸고 있는 것처럼 은총은 친구와 적을 둘러싸야 합니다.

태양은 그 광채를 무한의 공간으로 보냅니다. 마찬가지로 하늘도 모든 갈증을 느끼는 생물 위로 이슬을 쏟습니다.

무엇인지 좋은 것, 위에서 오는 것은 일반적이고 조건이 없습니다. 그렇지만 주름 안에는 어둠이 살고 있습니다!

브루군트 오, 그녀가 나를 원하는 대로 가지고 놀다니, 내 마음은 그녀의 손안에서는 부드러운 초와 같구나.

— 뒤 샤텔, 나를 안으라; 나는 너를 용서하노라. 내가 아버지를 죽인 손을 친절히 잡는다해도 내 아버지의 영은 화를 내지 않을 것이네.

내가 나의 복수의 맹세를 깨뜨리라고 너희들 죽음의 신들은 생각지도 못했겠지.

그 곳 아래 너희들이 있는 영원한 밤에는 어떤 가슴도 뛰지 않으며 그 곳은 모든 것이 영원하며 모든 것이 움직이지 않고 확고하게 서 있으니까 — 그렇지만 여기 위 태양의 빛에서는 모든 것이 다르지. 살아서 느끼는 자, 인간은 강력한 순간의 가벼운 노획물이군.

카 를 (요한나에게) 고귀한 처녀여, 내가 그대에게 모든 것을 어떻게 고마워하지 않을 수가 있는지! 그대는 말

을 얼마나 아름답게 하는지! 얼마나 빨리 나의 운명을
바꾸어 놓는지!

그대는 친구들을 내게 화해시키고 적을 먼지 속
에 밀어넣고 나의 도시들을 질곡에서 벗어나게 했
소. — 그대 혼자 모든 것을 다 이루었소 — 내가
어떻게 보상을 해야 할지 말하시오!

요한나　불행에서 그랬던 것처럼 행복 속에서도 늘 인간
적이십시오 — 높은 나무 꼭대기 위에서도 한 친구가
고난 속에 있음을 잊지 마십시오, 폐하께서는 그것을
절망 속에서 경험했습니다. 당신 백성의 마지막 사람
에게도 정의와 은총을 거부하지 마십시오, 목자에게서
신은 구원자를 소명했기 때문이죠 — 당신은 당신의
왕홀아래 전 프랑스를 모을 것입니다, 위대한 영주들
의 조상이 될 것입니다, 당신 다음에 오는 왕들은 앞
선 왕들보다 더 밝게 빛을 발할 것입니다.

당신의 혈족은 백성의 가슴 속에 사랑을 지니고
있는 한 번창할 것입니다. 오만이 당신의 혈족을
멸망으로 이끌 것이며, 당신의 구원자가 온 천한
오두막에서부터 멸망이 죄로 덮인 손자들을 불가사
의하게 위협할 것입니다!

브루군트　영이 덮인 소녀여, 밝히시오, 그대의 눈이 미래
를 꿰뚫어본다면 나의 혈족에 대해서도 말하시오! 시
작된 것처럼 그렇게 화려하게 번창하겠소?

요한나　브루군트! 당신은 왕좌의 높이까지 당신의 의자
　　　를 갖다 놓았습니다, 그리고 오만한 가슴은 더 높은
　　　것을 추구합니다, 구름 속까지 대담한 건물을 올립니
　　　다 — 그렇지만 위에서 어떤 손이 그 뻗음에 제지를
　　　가할 것입니다. 그렇지만 그 때문에 당신 집안의 몰락
　　　을 두려워하지는 마십시오! 처녀 속에서 그것은 빛나
　　　면서 나아가며 왕홀를 쥔 지배자들, 백성의 목자들이
　　　그 품에서 피어날 것입니다.

　　　　그들은 두 개의 위대한 옥좌 위에 군림할 것이며
　　　알려진 세상과, 배가 다니지 않는 바다 뒤를 아직
　　　도 덮고 있는 새로운 세상에 신의 손이 법을 집행
　　　할 것입니다.

카　를　오, 말하라, 영이 그대에게 그렇게 계시를 한다면
　　　우리가 이제 새로이 맺은 우정의 동맹이 손자들의 손
　　　자까지 합칠 것인지?

요한나　(침묵을 지킨 다음) 왕과 통치자들이시여!
　　　　분열을 두려워하시오! 잠자고 있는 동굴에서 싸
　　　움을 깨우지 마시오, 한번 깨어나면 늦게 다시 깨
　　　어납니다! 그 싸움은 손자를 낳고 화재는 다른 화
　　　재에 불을 부칩니다.
　　　　— 알려고 하지 마십시오! 현재를 기뻐하십시오,
　　　미래는 조용히 덮어두게 하소서!

소　렐　성처녀여, 당신은 나의 마음을 읽고 있소, 내 마

음이 위대한 것을 헛되이 추구하는지 알고 있소, 나
에게도 기쁜 예언을 주시오.

요한나 영은 나에게 위대한 세상의 운명만을 보여 줍니
다, 당신의 운명은 당신 자신의 가슴 속에 있습니다!

뒤노아 그러나 하늘이 사랑하는 고귀한 소녀여, 그대 자
신의 운명은 어떻게 될 것인지! 그대는 그렇듯 신앙심
이 있고 성스럽기 때문에 그대에게는 분명 지상에서
가장 아름다운 행운이 피어날 것이오.

요한나 행복은 영원한 아버지의 품 속 저기 위에 있습니
다!

카 를 그대의 행복은 왕의 걱정과 함께 계속될 것이오!
나는 그대 이름을 프랑스에서 장엄하게 하고자 하오.
아주 어린 아이들조차도 그대를 찬미해야만 하기 때
문이오. ― 그리고 이제 나는 그것을 즉시 이룰 것이
오 ― 무릎을 꿇으시오!

　(왕은 검을 꺼내 검으로 요한나를 건들인다.)

　고귀한 여인으로! 나는 그대를 위로 올리겠소,
왕이 그대를 그대의 어두운 출생의 먼지로부터 ―
나는 무덤 속에서 그대의 조상들을 귀족으로 만들
겠소 ―

　그대는 무기에 백합꽃을 지녀야 하오, 그대는 프
랑스에서 가장 훌륭한 남자와 결혼해야 하오, 발로
와 왕의 혈통만이 그대의 것보다 더 고귀할 것이오!

나의 위대한 사람들 중에서 가장 위대한 자가 그대의 손을 통해 영광을 입었다고 느낄 것이오, 나의 걱정은 그대를 고귀한 남편과 결혼시키는 것이오.

뒤노아 (앞으로 나선다.) 그녀가 비천했기 때문에 내 마음이 그녀를 택했습니다. 당신이 준 새로운 영예가 그녀의 공적을 높이지는 않습니다, 나의 사랑만이.

여기 나의 왕과 그리고 이 성스러운 대주교님의 안전에서 나의 아내가 되어 주도록 그녀에게 청혼합니다, 그녀를 받아들이기에 내가 품위있다고 간주한다면.

카 를 미워할 수 없는 소녀여, 그대는 기적에 기적을 쌓는구나! 그대에게는 아무 것도 불가능한 것이 없다고 생각하오. 지금까지 사랑의 모든 힘이 거절당한 이 오만한 마음을 그대가 정복했구려.

라 이르 (앞으로 나선다.) 요한나의 가장 아름다운 보석은 그녀의 겸허한 마음이라는 것을 나는 잘 알고 있습니다. 그녀는 가장 위대한 자의 숭배를 받을 가치가 있지만 그녀는 절대로 소원을 그렇게 높게 잡지는 않을 것입니다.

그녀는 지상의 고귀함을 헛되게 추구하지는 않습니다. 진실된 마음의 성실한 사랑만으로도 그녀에게는 충분합니다, 내가 이 손으로 그녀에게 내미는 조용한 운명말입니다.

카 를   라 이르, 자네도? 영웅의 덕성과 전쟁의 명성을
지닌 훌륭한 지원자!

— 나의 적을 나에게 화해시키고 나의 왕국을 통
일시킨 그대는 나의 가장 사랑하는 친구들을 둘로
갈라놓으려 하는가? 한 사람만이 그녀를 소유할 수
있으며 나는 그 모두가 그런 영광의 가치가 있다고
생각하오. 그대가 말하라, 그대의 마음이 여기서
결정을 해야 하오.

소 렐   (가까이 다가선다.) 고귀한 처녀가 놀란 것 같군요.
그리고 그녀의 뺨은 수줍음으로 물드는군요. 그녀의
마음을 묻고, 나를 믿고 잠긴 가슴에서 빗장을 열 시
간을 그녀에게 줍시다.

나도 엄격한 처녀에게 여형제처럼 다가가 그녀에
게 성실하게 침묵을 지킨 마음을 줄 수 있는 순간
이 왔습니다. — 먼저 여자들의 문제를 여자들끼리
생각하게 해주십시오. 그리고 우리들이 무엇을 결
정할지 기대하십시오.

카 를   (가려고 한다.) 그래, 그렇게 하시오!

요한나   그런 것이 아닙니다! 저의 뺨을 물들게 한 것은
혼란이지 하잘 것 없는 부끄러움이 아닙니다.

저는 남자들 앞에서 부끄러워해야 할, 이 고귀한
여성에게 털어놓아야 할 아무 것도 없습니다, 이
고귀한 기사들의 선택은 저에게 영광입니다, 그렇

지만 세상의 헛된 영광을 얻기 위하여, 제 머리에
신부의 화관을 엮기 위하여 제가 양치기 일을 버리
고 영광의 무기를 든 것은 아닙니다.

순결한 처녀만이 이 일을 완성시킬 수 있습니다.
저는 최고의 신의 전사자이지 어떤 남자의 아내일
수가 없습니다.

대주교　여자는 남자의 사랑하는 동반자가 되기 위해 태
어났소. — 여자가 자연에 순종한다면 하늘에 가장 품
위 있게 순종하는 것이오! 그리고 그대는 그대를 전쟁
터로 부른 그대의 신의 명령을 충분히 이행하였소, 그
러니 무기를 내놓고 그대가 거부한 부드러운 여성으
로, 무기의 피비린내 나는 작업으로 소명되지 않은 부
드러운 여성으로 돌아가야 하오.

요한나　주교님, 영이 저에게 명한 것을 말할 수가 없습니
다; 하지만 때가 되면 그의 목소리는 침묵을 지키지
않을 것이며 저는 그 목소리에 귀를 기울일 것입니다.

그러나 이제 영은 저의 일의 완성을 명합니다.
저의 주인은 아직도 대관을 하지 않았습니다, 성스
러운 기름은 제 주인의 관자놀이를 덮지 않습니다.
아직도 저의 주인은 왕이라고 불리지 않습니다.

카 를　우리들은 랭스로 떠나려하오.

요한나　가만히 있어서는 안 됩니다, 적이 당신의 길을 막
으려고 하니까요. 그렇지만 그들 모두 사이로 당신을

안내하겠습니다!

뒤노아   그러나 모든 것이 끝나면, 우리들이 승리하여 랭
스로 들어서면 성스러운 소녀여, 그대는 나에게 은혜
를 베풀 것이오.

요한나   제가 죽음의 이 싸움에서 승리의 왕관을 쓰고 뒤
돌아 오는 것을 하늘이 원한다면 저의 일은 끝납니다.
— 그러면 양치기는 왕의 집안과는 더 이상 상관이 없
습니다.

카 를   (요한나의 손을 잡으면서) 영의 목소리가 그대를 모
는구려, 신이 채워진 가슴 속에서 사랑이 침묵을 지키
고 있소. 그녀는 항상 침묵을 지키지는 않을 것이오,
나를 믿으시오!

무기가 휴식을 취하고 승리가 평화를 가져오면
평화는 모든 가슴속으로 들어서며 더 부드러운 감
정들이 모든 가슴 속에서 깨어날 것이오. —

감정이 그대의 가슴 속에서도 깨어날 것이오. 그
대는 그대의 눈이 한번도 쏟아 보지 못한 — 달콤
한 그리움의 눈물을 흘릴 것이오. 이제 하늘이 채
운 그대의 가슴은 지상의 친구 쪽으로 사랑하면서
향할 것이오. — 그대는 수천 명을 구하여 행복하
게 했소, 이제 한 사람을 행복하게 하는 것으로 그
대는 끝마칠 것이오!

요한나   황태자시여! 신이 당신에게 보낸 순결한 처녀를

비천한 먼지 속으로 이끌기를 원하는지요, 당신은 신의 모습에 이미 지쳤는지요?

당신들 눈먼 가슴들! 당신들 소심한 자들이여! 하늘의 성스러움이 당신을 비추고 있습니다.

당신의 눈앞에 하늘은 그 기적을 들어 내 보입니다. 그러나 당신은 내게서 한 여자 이상을 보지 못합니다.

여자가 전투복을 입고 남자들의 전쟁 속으로 끼여들어도 되는지요? 신의 기적을 내 손으로 이루고도 텅 빈 가슴으로 지상의 남자를 좋아하다니, 아 고통스럽군요!

내가 차라리 태어나지 않았더라면 좋았을 것을.

당신이 내 안에 있는 영을 해체시키려 하지 않는 한 나는 더 이상 그런 말을 당신께 하지 않겠습니다.

카 를 그만하라. 그녀를 움직이는 것은 소용없는 일이구나.

요한나 전쟁의 북을 울리도록 명령하십시요! 이 무기의 조용함이 나를 억누르고 불안하게 합니다. 나의 임무를 완수하도록 나를 부추기십시요!

제 5 장

기사 한 명이 서둘러 온다.

카 를 무슨 일인가?

기 사 적이 마르네 강을 건너갔습니다. 그리고 전투를
위해 군대를 배치하고 있습니다.

요한나 (흥분하여) 싸웁시다!

이제 그들의 영혼은 자유롭습니다. 무장하시오,
나는 그 사이에 군대를 정리하겠습니다. (요한나는 서
둘러 나간다.)

카 를 라 이르, 그녀를 따르게 — 그들은 랭스의 성문에
서 왕관을 두고 우리와 싸우려하오!

뒤노아 진정한 용기가 그들을 모는 것이 아닙니다. 성이
나서 어쩔 줄 모르는 절망의 마지막 시도입니다.

카 를 브루군트, 자네를 부추기지 않겠네. 오늘은 지나
간 많은 나쁜 날을 보상하는 날이네.

브루군트 당신은 나에게 만족해야 합니다.

카 를 내가 직접 자네에 앞서 영광의 길로 가고자 하네,
그리고 대관식 도시를 눈앞에 두고 왕관을 쟁취하고
자 하네 — 나의 아그네스! 그대의 기사가 그대에게

작별 인사를 하노라!

아그네스 (왕을 껴안는다.) 나는 울지 않겠습니다, 당신 때
　　　　문에 불안으로 떨지도 않겠습니다, 나의 믿음은 구름
　　　　속에서도 확신을 합니다.

　　　　　우리들이 마지막에 슬퍼하도록 하늘은 그렇게 은
　　　　총의 담보를 주지는 않았습니다!

　　　　　승리의 관을 쓰고서 승리한 랭스의 성벽에서, 나
　　　　는 나의 주인을 안을 것입니다,

　　　　　(용감한 톤으로 트럼펫이 울리다가 거친 전쟁의 소용돌
　　　　이로 바뀐다. 열린 무대위에는 오케스트라가 울리고 무대
　　　　뒤에서는 전쟁 무기들의 소리가 들린다.)

제 6 장

무대는 나무들로 둘러싼 탁 트인 지역으로 바뀐다. 음악 소리가
들리면서 군인들이 무대 뒤로 재빨리 사라진다.
탈보트가 군인들을 동반하고 파스톨프에게 기대어 있다. 바로 즉
시 리오넬이 등장한다.

탈보트   여기 이 나무 아래 나는 앉아 있겠네. 그리고 자
네는 전쟁터로 되돌아가게. 내가 죽는데 아무도 필요
로 하지 않네.

파스톨프   오, 불행하고 비참한 날이여!

(리오넬이 등장한다.)

리오넬, 당신은 무엇을 보기 위해 오시는지! 지
휘관께서 부상을 입고 죽어가고 있습니다.

리오넬   이럴 수가! 고귀한 경이시여 일어서시오! 힘없이
주저앉을 때가 아닙니다. 죽음에 순종하지 마시오, 당
신의 강력한 의지로 자연이 살도록 자연에 명하시오!

탈보트   헛된 일이오! 프랑스에서 우리들의 왕좌를 무너
트려야 할 운명의 날이 왔소.

절망의 전투에서 나는 헛되이 마지막 것을 감행
했소. 나는 여기서 더 이상 일어서지 않기 위해 영

광을 포기한 채 여기 누워 있겠소. 랭스는 빼앗겼
소. 파리를 구하도록 서두르시오!

리오넬. 파리는 황태자와 계약을 했습니다. 막 사신이 소
식을 가져왔습니다.

탈보트 (붕대를 푼다.) 내 피의 작은 개천들이여 흘러가라,
나는 이 태양이 지겹구나!

리오넬 나는 지체할 수가 없다 —. 파스톨프, 지휘관을
안전한 장소로 모셔가라. 우리들은 더 이상 이 자리를
지킬 수 없다. 우리 군사들은 이미 사방으로 달아나고
있다. 소녀가 밀려온다. —

탈보트 어처구니없는 일, 너는 승리하고 나는 죽어야 하
다니! 신들조차 어리석음과 헛되이 싸우는구나.

우아한 이성이여, 신의 머리를 한 빛처럼 밝은
딸이여, 우주의 현명한 창설자여, 별의 지도자여,
너는 도대체 누구인가? 미쳐 날뛰는 말꼬리에 매달
려 정신없이 소리치면서 술에 취한 자와 더불어 절
벽으로 몸을 던져야 하다니!

자신의 생명을 위대하고 가치있는 것으로 향하고
현명한 정신으로 사려깊은 계획을 구상하는 자는
저주를 받다니! 세상은 바보 왕에게 속하는구나.[1)]
—

---

1) 탈보트는 쉴러에 의해 물질적인 허무주의자로 묘사되었다. 이로써 이
  상적으로 묘사된 요한나의 반대 인물이다.

리오넬 경이시여! 당신은 얼마 살지를 못합니다 — 당신
의 창조주를 생각하시오!

탈보트 용감한 자로서 우리들이 다른 용감한 사람들에
의해 패배했다면 늘 그 구슬을 바꾸는 일반적인 운명
이라고 위로할 수 있을 것이오. — 그렇지만 그런 뻔
뻔스러운 요술에 패하다니! 우리들의 진지한 삶은 더
진지한 출구의 가치가 없단 말인가?

리오넬 (그에게 손을 내민다.) 경이시여, 잘 가시오! 내가
살아 남는다면 전쟁이 끝난 다음 당신에게 눈물의 분
노를 보상하고자 합니다. 그러나 이제 전쟁터에 앉아
서 행운을 흔드는 운명이 나를 부릅니다. 다른 세상에
서 다시 만나기를, 긴 우정에 비해 작별이 짧습니다.

　　　(퇴장한다.)

탈보트 삶은 곧 지나가며 나는 내 속에서 고통과 기쁨이
되는 원자를 지상에, 영원한 태양에 다시 줄 것이다.
—

　　　세상을 전쟁의 명성으로 채운 탈보트에게는 아무
것도 남아 있지 않다. 마치 한 줌의 가벼운 재처럼
— 그렇게 인간은 끝이 난다. — 그리고 우리가 삶
이라는 전투에서 가져가는 유일한 노획물은 무(無)
에 대한 통찰이다, 우리가 원했던 모든 것에 대한
진정한 경시다. —

제 7 장

카를, 브루군트, 뒤노아, 뒤샤텔 그리고 군인들이 등장한다.

브루군트   성채를 빼앗았다.

뒤노아   우리들의 날이다.

카 를   (탈보트를 가리키면서.) 태양의 빛과 원하지 않는 힘든 작별을 하는 저기 저 자가 누구인지 보이는가? 갑옷으로 보아 천한 군인은 아닌 것 같다. 가서 도움이 필요하면 도와 주어라.

(왕의 시종으로 구성된 군인들이 그쪽으로 간다.)

파스톨프   물러서라! 다가오지 말아라! 너희들이 살아서는 결코 그렇게 가까이 다가서기를 원하지 않던 죽은 자 앞에 존경심을 가져라!

브루군트   아니, 이게 어떻게 된 일인가! 탈보트가 피를 흘리면서 쓰러져 있다니!

(브루군트는 탈보트에게 다가간다. 탈보트는 그를 멍하니 쳐다보고는 죽는다.)

팔스톨프   브루군트, 물러가시오! 배반자의 시선이 영웅의 마지막 시선에 독을 입히지 마시오!

뒤노아   끔직한 탈보트! 정복하기 어려웠던 자리! 프랑스

의 넓은 땅도 너의 거인정신에 충분할 수가 없더니 이
렇듯 작은 공간을 감수하다니!

    — 경이시여, 이제 비로소 나는 당신을 왕으로
맞이합니다, 정신이 이 자의 육신 속에 살아 있는
동안 당신의 머리 위에서는 왕관이 떨었습니다.

카 를   (말없이 죽은 자를 관찰한 다음)

    더 높은 자가 그를 이겼소, 우리가 아니라! 그는
프랑스의 땅 위에 누워 있소, 그가 놓기를 원하지
않던 자신의 방패에 새겨진 영웅처럼. 그를 치워
라!

    (군인들이 시체를 들고 나간다.)

    그의 시신에 평화가 있기를! 그가 영웅으로서 생
을 마친 프랑스 한가운데 그의 시신이 쉬도록 존경
스러운 기념비를 세우시오! 어떤 적의 검도 닿지
못할 것이오, 그를 발견하는 곳이 바로 그의 비석
이오.

파스톨프   (자신의 검을 내놓는다.) 폐하, 나는 당신의 포로
입니다.

카 를   (파스톨프에게 검을 돌려준다.) 필요없다! 거친 전쟁
도 숭고한 의무를 존경한다, 너는 자유로이 너의 주인
을 따라 무덤으로 가야할 것이다. 뒤 샤텔, 서두시오
— 나의 아그네스가 불안에 떨고 있소. — 그녀는 우
리들에 대한 불안으로 힘들어하오. — 우리가 살아 있

다고, 우리들이 승리했다고 그녀에게 사신을 보내시
오, 그리고 그녀를 환호 속에서 랭스로 안내하시게!

(뒤 샤텔이 퇴장한다.)

제 8 장

라 이르가 앞 사람들에게.

뒤노아　라 이르!
　　처녀는 어디에 있는가?

라 이르　뭐라고요? 내가 당신에게 묻고 싶은데요. 당신
　　쪽에서 싸우도록 했습니다.

뒤노아　내가 왕을 지원하기 위해 서둘렀을 때 나는 그녀
　　가 당신의 보호를 받고 있다고 믿었네.

브루군트　잠시 전 빽빽한 적 속에서 그녀의 하얀 깃발이
　　펄럭이는 것을 보았소.

뒤노아　그녀는 어디에 있는가? 나쁜 예감이 드는군! 가
　　세, 그녀를 자유롭게 하기 위해 서둘러야하네. — 그
　　녀가 지나치게 과감한 용기를 보일까 두렵소, 적들에
　　둘러싸여 그녀는 혼자서 싸우고 있소, 그리고 이제 어
　　쩔 수 없이 다수에게 지고 있소.

카　를　서둘러라, 그녀를 구하라!

라 이르　제가 당신을 따르겠습니다, 자!

브루군트　우리 모두 함께 가세!

　　（그들은 서둘러 나간다.）

제 9 장

전쟁터의 어느 다른 황량한 지역. 랭스의 탑들이 멀리 태양 속에
빛나고 있다.
검은 옷을 입고 복면을 쓴 기사. 요한나는 흑기사가 조용히 서서
그녀를 기다리는 무대 정면으로 그에게 다가선다.

요한나   사악한 사람! 이제서야 나는 너의 책략을 알겠
다! 너는 도망치는 것처럼 하여 나를 전쟁터로부터 유
혹하여 많은 영국 아들에게서 죽음과 운명을 멀리했
다. 그렇지만 이제 죽음이 너에게 다가간다.

흑기사   왜 너는 나를 추적하며 내 뒤를 분노하여 따르는
가? 나는 너의 손에 죽고 싶은 생각이 없다.

요한나   너의 색깔인 밤처럼 너는 내 영혼 깊이 저주받았
다. 낮의 빛에서부터 너를 처치하려는 욕망이 나를 사
로잡는다.

너는 누구인가? 복면을 벗어라. ― 나는 전투에
서 용맹한 탈보트가 패하는 것을 보지 않았던가,
네가 탈보트라고 생각했는데.

흑기사   예언자의 목소리가 너에게 말하지 않던가?

요한나   불행이 내 편에 있을 때 그 목소리는 내 가장 깊

은 가슴 속에서 말한다.

흑기사　요한나 다아크! 랭스의 성문까지 너는 승리의 날
　　개 위에 들어왔다. 지금까지 얻은 명성은 너에게 충분
　　하다. 너의 노예가 되었던 행운을 떠나라, 스스로 분
　　노하여 사라지기 전에, 행운은 성실을 증오하며 어느
　　누구에게도 끝까지 봉사하지 않는다.

요한나　왜 너는 내 길을 막고 내 일을 못하게 하느냐?
　　　나는 그것을 실천하여 나의 맹세를 이룰 것이다!

흑기사　너는 그 무엇에도 저항할 수 없다, 모든 전쟁에서
　　너는 승리한다. — 그러나 더 이상 어떤 전투에도 가
　　지 말아라, 나의 경고를 들어라!

요한나　오만한 영국이 패할 때까지 나는 이 검을 손에서
　　놓지 않겠다.

흑기사　저쪽을 보라! 탑이 보이는 랭스, 너의 행군의 목
　　적지이자 끝이 높이 솟아 있다. — 너는 높은 성당의
　　둥근 천장이 빛나는 것을 볼 것이다, 그 곳에서 너는
　　승리의 화려함 속에서 입성하여 너의 왕에게 관을 씌
　　우고 너의 맹세를 이룰 것이다. — 안으로 들어가지
　　말아라, 돌아서라. 나의 경고를 들어라.

요한나　나를 놀라게 하고 혼란시키려는 너, 두 개의 혀를
　　가진 잘못된 인간은 누구인가? 나에게 엉터리 예언을
　　속임수로 알리는 이유가 무엇인가?

　　(흑기사가 가려고 하자 그녀가 그의 길을 막는다.)

안돼, 너는 내게 말하든지 아니면 내 손에서 죽
을 것이다!

(요한나는 그에게 검을 한번 휘두르려 한다.)

흑기사　(요한나를 손으로 건드린다. 그녀는 움직이지 않고 서 있
다.) 죽어야 할 것이면 죽여라!

(밤, 번개와 천둥. 기사가 쓰러진다.)

요한나　(처음에는 놀라서 서 있다. 그러나 곧 다시 정신을 차린
다.)

그는 살아 있는 사람이 아니었다. — 가슴속에
있는 나의 고귀한 마음을 흔들려는 지옥의 환상,
불구덩이에서 올라온 악령이었다.

신의 검을 가지고 내가 누구를 두려워한단 말인
가? 나는 나의 길을 승리로 완성시킬 것이며 지옥
도 길이 막힐 것이다. 용기가 나에게 사라져서는
안 되며 흔들려서도 안 된다!

(요한나가 퇴장하려 한다.)

제 10 장

리오넬, 요한나.

리오넬   저주받은 여인이 너를 전쟁으로 무장시킨다. —
우리 두 사람은 살아서 이 자리를 떠나지 못할 것이
다.

    너는 내 백성 중에서 가장 좋은 사람들을 죽였
다, 고귀한 탈보트는 내 가슴속에 위대한 영혼을
남겼다. — 나는 용감한 사람을 위해 복수할 것이
며 그렇지 못할 경우 그의 운명을 나눌 것이다.

    너에게 명성을 부여하는 자가 누구인지 네가 알
고 있을 것이다, 내가 죽거나 승리하거나 — 나는
리오넬이다, 우리 군대의 영주들 가운데 마지막 남
은 자이다. 이 팔이 아직도 패하지 않고 남아 있다.
    (그는 요한나를 공격한다, 잠시 싸운 다음 그녀는 그 의
손에서 검을 친다.)

    성실하지 않은 행운이여! (그는 그녀와 싸운다.)

요한나   (그녀는 뒤에서 리오넬의 투구를 잡는다, 그리고 투구를
힘차게 당겨 내린다, 그래서 그의 얼굴이 드러나고 그녀는 동
시에 오른팔로 검을 잡는다.) 당신이 원하는 대로 될 것이

오! 성처녀가 나를 통하여 당신을 희생시키오!

(이 순간 요한나는 리오넬의 얼굴을 보게되고 리오넬의
시선이 요한나를 사로잡는다. 요한나는 움직이지 않고 천천
히 팔을 내린다.)

리오넬   왜 너는 망설이며 나를 죽이지 않는가? 나를 죽
여라, 너는 명성을 얻었다. 나는 너의 손 안에 있다.
나는 용서를 원하지 않는다.

(요한나는 그에게 가라는 표시를 한다.)

도망을 치라고? 내가 너에게 나의 생명을 감사
해야 하는가? ― 차라리 죽겠다!

요한나   (얼굴을 돌리고.) 자신을 구하시오!

리오넬   나는 너와 너의 선물을 저주한다. ― 나는 어떤
용서도 원하지 않는다. ― 너를 저주하고 너를 죽이려
한 너의 적을 죽여라.

요한나   나를 죽이시오!

― 그리고 도망가시오!

리오넬   하! 무슨 소리냐?

요한나   (얼굴을 감춘다.) 고통스럽구나!

리오넬   (요한나에게 다가선다.) 너는 전쟁에서 잡은 모든 영
국 사람들을 죽인다고 들었다. ― 왜 나를 살리려고
하는가?

요한나   (빠른 움직임으로 리오넬을 향하여 검을 든다. 그러나 요
한나는 그의 얼굴을 보자 검을 그대로 들고 있다가 다시 내린

다.) 성모 마리아여!

리오넬 왜 너는 성모 마리아를 부르는가? 그녀는 너에
대하여 아무 것도 알지 못한다. 하늘은 너와 아무 것
도 함께 하지 않고 있다.

요한나 (격렬한 불안 속에서) 내가 도대체 무슨 짓을 하고
있는가! 내가 맹세를 어기다니!

(요한나는 절망적으로 손을 비빈다.)

리오넬 (요한나를 관심있게 쳐다보고는 가까이 다가선다.) 불행
한 소녀여! 불쌍하구나, 너는 나를 감동시키는구나,
너는 나에게만 관용을 베풀었다, 나는 나의 증오가 사
라지는 것을 느낀다, 너에게 관심이 가지 않을 수 없
구나! ─ 너는 누구인가? 어디에서 왔는가?

요한나 가시오! 도망가시오!

리오넬 너의 젊음이, 너의 아름다움이 나를 슬프게 하는
구나! 너의 눈길은 내 가슴에 파고든다. 나는 너를 기
꺼이 구해 주고 싶구나. ─ 어떻게 하면 되는지 말하
라! 어서! 어서! 이 잔혹한 관계를 포기하라. ─ 이
무기를 던져 버려라!

요한나 나는 무기를 휘두를 가치가 없소!

리오넬 빨리 무기를 던져라, 그리고 나를 따르라!

요한나 (놀라서) 당신을 따르라고!

리오넬 너는 목숨을 구할 수 있다. 나를 따르라! 나는 너
를 구해 줄 것이다. 그러나 망설이지 말아라. 너에 대

한 끔직한 고통이 나를 사로잡는구나, 너를 구하려는
말할 수 없는 욕망이.

    (요한나의 팔을 당긴다.)

요한나   바스타르가 다가오고 있어요! 그들입니다! 그들
    은 나를 찾고 있답니다! 그들이 당신을 발견하면 —

리오넬   내가 너를 보호하겠다!

요한나   당신이 그들의 손에 잡히면 나는 죽을 것입니다!

리오넬   내가 너에게 귀중한가?

요한나   하늘의 성모 마리아여!

리오넬   내가 너를 다시 만날 수 있는지? 너에 관하여 들
    을 수 있을지?

요한나   아니요! 절대로 아닙니다!

리오넬   내가 너를 다시 만난다는 표시로 이 검을! (그는
    검을 두 쪽으로 나눈다.)

요한나   미친 사람, 그런 짓을 하다니?

리오넬   이제 나는 폭력을 피할 것이며 나는 너를 다시
    보게 될 것이다!

    (리오넬이 퇴장한다.)

제 11 장

뒤노아. 라 이르. 요한나.

라 이르   그녀가 살아 있다! 그녀가!

뒤노아   요한나, 아무 것도 두려워하지 마시오! 친구들은
강력하게 당신 편이오.

라 이르   리오넬이 그 곳으로 도망가고 있지는 않는지요?

뒤노아   도망가게 두시오! 요한나, 올바른 일이 승리하오,
랭스가 성문을 열고 있소, 모든 백성이 환호하면서 왕
을 맞이하고 있소!

라 이르   처녀에게 무슨 일이 일어났습니까? 그녀가 창백
하오. 그녀가 쓰러지오!

(요한나가 비틀거리면서 쓰러지려 한다.)

뒤노아   그녀가 부상을 당했네. — 갑옷을 벗기시오. —
팔이오, 상처는 가볍소.

라 이르   피가 흐릅니다.

요한나   피가 흘러 죽게 두시오!

(요한나는 정신을 잃고 라 이르의 팔 속에 누워 있다.)

제 4 막

축제의 분위기로 장식된 홀. 기둥들은 꽃 줄로
감겨 있고 무대 뒤에서는 플루트 소리.

제 1 장

요한나.

무기는 휴식하고 전쟁의 강풍은 침묵을 지킨다. 피비린내 나는 전투 뒤에는 노래와 춤이 따른다, 거리마다 밝은 무지개가 울린다, 제단과 교회는 축제의 광채 속에 빛나며 문들은 푸른 가지로 장식되어 있다, 넓은 랭스는 백성들의 축제에 몰려 오는 손님의 수를 다 헤아리지 못한다.

기쁨의 감정이 불타고 모든 가슴에서는 어떤 생각이 나오며, 최근 피나는 증오감 속에서 헤어진 것이 기쁨을 나눈다, 프랑켄의 혈통은 그 이름을 더 오만하게 의식한다, 옛 왕관의 광채가 새로우며 프랑스는 그 왕의 아들에게 몸을 굽힌다.

이 일반적인 행복은 그러나 모든 것을 이룬 나를 감동시키지 못한다, 내 마음은 변하고 바뀌었다, 이 축제의 분위기에서 도망쳐 영국의 진영으로 가 있다, 그리고 시선은 적에게 스며든다. 가슴의 이 무거운 죄를 감추기 위해 기쁨의 원에서 나와야 한다.

누가? 내가? 내가 한 남자의 모습을 나의 순결한 가슴에 지니다니? 하늘의 빛으로 채워진 이 가슴이 지상의 사랑 때문에 뛰어도 되는지?

나의 조국의 구원자인 내가, 지고한 신의 전투자인 내가 내 조국의 적 때문에 가슴을 태우다니!

순결한 태양에게 그것을 말할 수 있으며 그리고 수치감이 나를 멸망시키지는 않을 것인지!

(무대 뒤에서 음악이 부드럽게 녹는 듯한 멜로디로 바뀐다.)

고통스럽도다! 고통스럽도다! 내 귀를 유혹하는 듯한 소리!

모두 그 목소리를 내게 외치는구나.

마술을 걸어 내게 그의 모습을 내보이는구나.!

전투의 강풍이 나를 잡고,

뜨거운 싸움의 분노 속으로 창이 소리를 내면서 내 주변에서 울려 퍼지는구나!

내가 나의 용기를 다시 발견할 수 있다면!

이 목소리, 이 음성들은 내 가슴을 현혹하는구나.

그것들은 내 가슴속에 있는 모든 힘을 연약한 그리움으로 바꾸며

고통의 눈물로 녹이는구나!

(잠시 후에 생기있게.)

내가 그를 죽여야만 했는지? 내가 그의 눈을 쳐

다보았을 때 그것을 할 수 있었는지? 그를 죽인다!
아니, 차라리 내 가슴에 살인의 검을 눌렀을 것이
다!

내가 인간적이었기 때문에 나는 벌을 받아야 하
는지? 동정이 죄인가? — 동정! 너의 검이 희생시
킨 다른 사람들에게서도 너는 동정과 인간성의 목
소리를 들었는가?

가련한 젊은이인 발리저가 너에게 살려 달라고
간청했을 때 왜 그녀는 침묵을 지켰는가?

사악한 마음이여! 너는 영원한 빛에 거짓말을 하
는구나. 동정의 숭고한 목소리가 너를 몰지는 않았
다! 왜 나는 그의 눈을 쳐다보아야만 했는지! 왜
그의 고귀한 모습을 보아야 했는지!

너의 시선과 함께 너의 멸망이 시작되었구나, 불
행한 여인이여! 신은 눈먼 도구를 요구한다, 눈먼
눈으로 너는 그것을 완수해야 한다!

네가 **보자마자** 신의 방패가 너를 떠났다, 지옥의
밧줄이 너를 사로잡았구나!

(플루트가 반복된다. 요한나는 조용한 고통 속으로 가라
앉는다.)

숭고한 지팡이여! 오, 내가 너를
검과 바꾸지 않았더라면!

성스러운 너도밤나무여! 너의 가지에서 속삭이지 않
았더라면!

높은 하늘의 여왕이시여,

당신이 내게 나타나지 않았더라면!

받으시오, 나는 이 왕관을 얻을 수 없습니다, 당신의
왕관을 받으시오!

아, 나는 하늘이 열리고 성녀의 모습을 보았습니다!

그렇지만 나의 희망은 지상 위에 있기에

하늘에 있지는 않답니다!

당신은 이 끔직한 소명을

내게 부여해야만 했는지,

하늘이 느끼면서 창조한 이 가슴을

내가 마비시킬 수 있었다니!

당신이 당신의 힘을 선포하기를 원하면

죄에서 자유로이 당신의 영원한 집안에 서 있는 **그녀**
를 택하시오.

당신의 영들을 내보내시오.

느끼지도, 울지도 못하는

죽지 않는 자들, 순수한 자들을!

연약한 처녀를 택하지 마시오.

양치기의 연약한 영혼을 택하지 마시오!

전투의 행운이, **나를** 걱정케 하는지.

왕들의 분쟁이?

나는 죄없이 나의 양들을

조용한 산꼭대기로 몰았습니다.

그렇지만 당신은 나를 생명으로,

오만한 영주의 홀로 불렀습니다.
죄를 짓도록,
아! 그것은 나의 선택이 아니었습니다!

제 2 장

아그네스 소렐. 요한나.

소 렐 (감격하여 온다, 요한나를 보자 그녀에게 서둘러 가서 그
녀의 목에 매달린다; 갑자기 정신을 차리고 요한나 앞에 꿇어
앉는다.) 아니, 이래서는 안돼! 여기 당신 앞 먼지 속
에 —

요한나 (그녀를 일으키려 한다.) 일어서시오! 무슨 일인가
요? 당신은 내가 누구인지 잊었습니다.

소 렐 내버려 두시오! 당신께 무릎 꿇고 싶은 기쁨의 충
동 — 나는 나의 넘치는 마음을 신 앞에서 쏟아부어야
합니다, 나는 당신의 눈에 보이지 않는 자를 숭배합니
다. 당신은 나의 주인을 랭스로 인도하여 왕관을 장식
하는 천사입니다.

　내가 꿈꾸지 못했던 것이 이루어졌습니다! 대관
식 행렬이 준비되고 있으며, 왕은 축제의 옷을 입
고 있으며 파리 사람들이, 힘있는 자들이 모였습니
다. 성당에는 백성들이 몰려오고 종이 울립니다,
오, 이 행복의 충만함을 나는 견딜 수가 없습니다!

　(요한나는 아그네스 소렐을 부드럽게 일으킨다. 아그네

스 소렐은 처녀의 눈을 가까이 보면서 한 순간 놀란다.) 그
런데 당신은 아직도 심각하게 굳어 있군요, 당신은
행복을 창조할 수 있습니다, 그러나 그것을 나눌
수 없군요. 당신의 마음은 차고 당신은 우리의 기
쁨을 느끼지 못하는군요, 당신은 하늘의 영광을 보
았습니다, 어떤 지상의 행복도 순결한 가슴을 움직
이지는 못하는군요.

　　(요한나는 아그네스 소렐의 손을 강력하게 잡았다가 재
빨리 놓아 버린다.)

　　오, 당신이 여자일 수 있고 느낄 수 있다면! 이
갑옷을 벗으시오, 어떤 전쟁도 더는 없습니다, 부
드러운 여성으로 돌아가십시오! 나의 사랑하는 마
음도 당신 앞에서는 움츠러듭니다, 당신이 엄격한
지혜의 여신 팔라스 같은 한.

요한나　당신은 내게 무엇을 요구합니까?

소 렐　무장을 벗으시오!

　　이 갑옷을 벗으시오, 사랑은 이 강철로 덮힌 가
슴에 다가가기를 두려워합니다. 오, 여자이십시오,
그러면 사랑을 느낄 것입니다!

요한나　이제 나는 무장을 해제해야 한단 말입니까! 이
제! 나는 전투에서 죽음에 내 가슴을 들어 낼 것입니
다! 지금은 아닙니다. ― 오, 내 앞에서 나를 스스로
보호하고 싶습니다!

소 렐   뒤노아 백작이 당신을 사랑하고 있습니다. 명성에
      만, 영웅의 덕성에만 열린 그의 고귀한 가슴이 당신을
      위하여 성스러운 감정 속에서 불타고 있습니다.

         오, 한 영웅에게서 사랑받는 것은 아름답습니다.
      ─ 그를 사랑하는 것이 더 아름답습니다!

         (요한나는 혐오감으로 몸을 돌린다.)

         당신이 그를 증오하다니! 아니, 당신은 그를 단
      지 사랑하지 않겠지요. ─ 그렇다고 어떻게 그를
      증오합니까! 사랑하는 사람을 우리에게서 갈라놓는
      자를 증오합니다, 당신에게는 그렇지만 아무도 사
      랑하는 사람이 없지 않습니까!

         당신의 마음은 고요합니다. ─ 가슴이 느낄 수
      있다면 ─

요한나   나를 원망하시오, 나의 운명을 슬퍼하시오!

소 렐   당신의 행복을 위해 당신에게 무엇이 부족하겠습
      니까? 당신은 당신의 약속을 지켰습니다, 프랑스는
      자유롭고 당신은 대관의 도시까지 왕을 승리로 이끌
      었습니다, 그리고 높은 명성을 얻었습니다.

         행복한 백성은 당신을 찬양하고 당신을 기립니
      다, 당신에 대한 칭송이 모든 입에서 흘러 나오며
      당신은 이 축제의 여신이며 왕관을 쓴 왕조차 당신
      보다 더 빛나지 않습니다.

요한나   오 지상의 깊은 품 속으로 숨고 싶군요!

소 렐   무슨 일인가요? 이상하군요!

당신이 시선을 내리깔면 오늘 누가 자유로이 고
개를 들 수 있는지! 당신 옆에서 그렇듯 적게 느껴
지고 당신의 영웅의 강함에, 당신의 고귀함에 몸을
일으킬 수 없는 나를 부끄럽게 하는군요!

내가 나의 모든 약점을 당신에게 고백해야 하나
요? — 조국의 명성, 왕좌의 새로운 영광, 백성들
의 승리의 기쁨도 나의 연약한 가슴을 움직이지 못
합니다. 그것을 완전히 채운 것은 단 한 사람입니
다, 그것만이 이 유일한 감정에 대한 공간일 뿐입
니다: 그는 추앙받는 자이며, 백성은 그에게 환호
하며 그를 축복하고 이 꽃을 그에게 뿌립니다, 그
는 나의 사람이며 나의 연인입니다.

요한나   오, 당신은 행복합니다! 당신을 찬미합니다! 당
신은 모두가 사랑하는 곳에서 사랑합니다! 당신은 당
신의 가슴을 열어도 되며 당신의 기쁨을 큰 소리로 말
해도 되며 인간의 시선 앞에 들어 내어도 됩니다!

왕국의 축제는 당신 사랑의 축제이며 이 성벽 안
으로 도피해 온 모든 백성들은 당신의 감정을 나누
며 당신의 그 감정을 성스럽게 합니다.

그들은 당신에게 환호하며 당신의 화관을 엮습니
다, 당신은 기쁨과 함께 합니다. 당신은 모든 것을
기쁘게 하는 태양2)을 사랑하지요.

그리고 당신이 보는 것은 당신 사랑의 광채입니다!

소 렐 (요한나의 목을 안으며) 오, 당신은 나를 기쁘게 합니다, 당신은 나를 완전히 이해합니다! 그래요, 나는 당신을 잘못 알았습니다, 당신은 사랑을 알고 있으며 내가 느끼는 것을 강력하게 표현합니다. 내 가슴은 두려움과 겁에서 풀려나 당신을 향해 뛰고 있어요. —

요한나 (격렬하게 소렐의 팔을 뿌리친다.) 나를 떠나시오. 나에게서 돌아서시오! 페스트로 가득찬 내 근처에 있음으로 해서 당신을 더럽히지 마시오!

행복하시오, 가시오, 나의 불행, 나의 수치, 나의 놀라움을 나로 하여금 깊은 밤 속에 묻게 하시오. —

소 렐 당신은 나를 놀라게 하는군요, 나는 당신을 이해할 수가 없습니다. 나는 당신을 한번도 이해하지 못했습니다. — 그리고 당신의 어둡고 깊은 존재가 끊임없이 나를 감고 있습니다.

무엇이 당신의 성스러운 마음, 순결한 영혼의 온유함을 놀라게 하는지 누가 그것을 이해하겠습니까!

요한나 당신이 성녀입니다! 당신이 순결한 여인입니다!

---

2) 모든 것을 기쁘게 하는 태양: 카를 7세를 의미함.

당신이 나의 내면을 보신다면 당신은 적을, 배반자를
떨면서 내칠 것입니다!

제 3 장

앞선 사람들. 뒤노아. 뒤 샤텔과 요한나의 깃발을 든 라 이르.

뒤노아   요한나, 우리들은 당신을 찾고 있습니다. 모든 것
이 준비되었고 당신이 왕 앞에 성스러운 깃발을 들기
를 원한다고 왕이 우리들에게 전했습니다.
당신은 영주의 서열에 서야 하며 바로 왕 옆에
가야 한다고, 왕은 당신에게만 이 날의 영광을 인
정하며 이 사실을 모든 세상이 알도록 말입니다.

라 이르   여기 깃발이 있습니다. 고귀한 처녀여, 이 깃발
을 드시오, 영주들이 기다리고 있으며 백성이 고대합
니다.

요한나   내가 그의 앞에 선다고! 내가 깃발을 든다고!

뒤노아   다른 누가 어울린단 말인가! 성스러운 것을 들기
에 어떤 손이 충분하겠소! 당신은 전투에서 그것을 휘
날렸소, 이제는 기쁨의 이 길에서 장식으로 드시오.

(라 이르가 요한나에게 깃발을 넘기려 하자 요한나는 몸
을 떨면서 피한다.)

요한나   치우시오! 치우시오!

라 이르   왜 그러시오? 자신의 깃발 앞에서 놀라다니! ―

깃발을 보시오!

(라 이르는 깃발을 펼친다.)

당신이 승리하면서 흔든 그 깃발이오. 하늘의 여왕이 그 위에 그려져 있소, 지구 위에 떠있는 성모마리아가 당신에게 그것을 가르쳤기 때문이오.

요한나 (놀라움으로 저쪽을 바라보면서.) 그녀다! 바로 그녀다! 그녀는 바로 그렇게 내게 모습을 들어 내었다. 그녀가 이쪽을 바라보며 이마를 접고 짙은 눈썹 아래 분노로 쳐다보는 것을 보시오!

소 렐 오, 그녀는 정신이 나갔군! 정신 차리시오! 정신 차리시오, 당신은 환영을 보고 있습니다! 그것은 그녀를 지상의 모습으로 그린 그림입니다, 그녀는 하늘의 합창 속에 있습니다!

요한나 끔직한 자여, 당신은 당신의 피조물을 벌하러 오시는지? 나를 멸망시키고 나를 벌하시오, 당신의 섬광을 들어 나의 죄 많은 머리 위에 떨구시오, 나는 나의 맹세를 어겼으며 당신의 성스러운 이름을 모독했습니다!

뒤노아 고통스럽구나! 무슨 일인가! 무슨 요사스러운 말인지!

라 이르 (놀라서 뒤 샤텔에게) 이 이상한 행동을 이해하겠소?

뒤 샤텔 나는 내가 무엇을 보고 있는지 알고 있네. 나는 오래 전에 그것을 두려워 했네.

뒤노아 뭐라고? 자네 무슨 말을 하는가?

뒤 샤텔 내가 생각하는 것을 말해서는 안 됩니다. 신이 원한다면 그것은 지나 갈 것이며 왕은 대관식을 거행할 것입니다!

라 이르 무엇이라고? 이 깃발에서 나온 놀라움이 당신 자신에게 향했습니까? 영국인을 이 표시 앞에서 떨게 했으며 프랑스의 적에게는 끔직했습니다, 그렇지만 그의 성실한 백성들에게는 은총이었습니다.

요한나 그렇습니다, 당신이 제대로 말하는군요! 그것은 친구들에게는 사랑이며 적들에게는 두려움을 주는 것입니다!

(대관식 군악 소리 들린다.)

뒤노아 깃발을 드시오! 깃발을 드시오! 그들은 행렬을 시작하고 있기에 시간이 없소!

(그들은 요한나에게 깃발을 안긴다, 요한나는 격렬한 거부감으로 깃발을 잡고 퇴장한다, 다른 사람들이 요한나를 따른다.)

제 4 장

무대는 성당 앞 광장으로 바뀐다.

관객들이 무대 배경을 채우고 있다. 그들 가운데서 베트랑, 클라
우데 마리와 에티네가 앞으로 온다. 대관식 군악이 멀리서 은은
하게 울린다.

베트랑   음악 소리를 들어 보아라! 그들이다! 그들이 다
가오고 있다! 어떻게 하면 가장 좋을까? 테라스 위로
올라가든지 백성들 사이로 뚫고 들어가 행렬을 볼까?

에티네   뚫고 들어갈 수가 없군. 모든 거리가 사람들로 밀
리고, 말과 마차도 밀리고 있군. 여기 집들이 있는 데
로 가세, 행렬이 지나가면 여기서 행렬을 편하게 볼
수 있을 것 같으니.

클라우데 마리   프랑스의 반이 여기에 모인 것 같군! 그
물결은 너무나 거칠어 우리조차 먼 로트링겐 땅에서
여기로 흘러오게 했어!

베트랑   누가 구석에 한가로이 앉아 있겠는가, 조국에 위
대한 일이 일어난다면! 왕관이 제대로 씌워지기까지
는 땀과 피를 충분히 흘렸다!

우리들이 이제 왕관을 씌워주는 진짜 왕, 우리의

왕은 성 데니에서 대관식을 거행했던 그들 파리 사람보다 더 초라하게 환영받아서는 안 된다! 이 축제에서 떨어져 왕이여, 만세!라고 함께 외치지 못하는 자는 좋은 생각을 가진 사람이 아니다!

제 5 장

마르곳과 루이손이 그들에게 다가선다.

루이손 마르곳! 우리들의 여동생을 보게 될 것이다! 가슴
이 뛰는구나.

마르곳 영광과 고귀함 속에 있는 그녀를 보게 될 것이다,
요한나, 우리들의 여동생이다 라고 말할 것이다!

루이손 사람들이 오를레앙의 처녀라고 부르는 처녀. 강
력한 자가 우리들을 떠난 우리들의 여동생 요한나인
지 내 눈으로 볼 때까지는 믿을 수가 없어.

  (행렬이 점점 가까이 온다.)

마르곳   아직 의심하는구나! 너는 눈으로 보게 될 것이
다!

베트랑 잘 보시오! 그들이 오고 있소!

제 6 장

풀루트 연주자와 오브에 연주자가 행렬을 연다. 흰 옷을 입고 손에 나뭇가지를 든 아이들이 따르며, 이들 뒤에는 두 명의 군사. 그 다음 도끼와 창이 함께 붙어 있는 무기를 든 행렬. 그 다음에 지팡이를 든 두 명의 시의원, 검을 든 브루군트의 공작, 왕홀을 든 뒤노아, 왕관, 지구의[1] 재판 지팡이를 든 다른 위대한 사람들, 제물을 든 다른 사람들; 이들 뒤에 훈장으로 장식한 기사들, 향료단지를 든 합창단 소년들, 그 다음에는 성수단지[2]를 든 두 명의 주교, 십자가를 든 대주교, 그 뒤에 요한나가 깃발을 들고 따른다. 그녀는 머리를 숙이고 불확실한 걸음을 걷는다. 언니들은 그녀를 보고 경악과 기쁨을 나타낸다. 그녀 뒤에 네 명의 시종들이 운반하는 천개 아래 왕이 따르고, 궁정인들이 따르며 군인들이 행렬의 마지막을 이룬다. 행렬이 교회 안으로 들어서자 음악이 멈춘다.

---

1) Reichsapfel: 황제의 권력의 표장으로 십자가가 달린 지구의.
2) S'Ampoule: 프랑스왕들의 성유가 담긴 작은 병. Chlodwig가 비둘기로부터 하늘에서 이것을 받았다고 하며 프랑스혁명때 망가져 버렸다. 1804년 Iffland 연출에 의한 베를린 공연 때 이 대관식 행렬은 특별히 화려하게 연출되었다. 이 역사적인 대관식은 1429년 7월 16일에 거행되었다.

제 7 장

루이손. 마르곳. 클라우데 마리. 에티네. 베트랑.

마르곳 동생을 보았지요?

클라우데 마리 깃발을 들고 황금 갑옷을 입고 왕 앞에 걸어간 그녀를!

마르곳 그녀였어요. 우리들의 동생 요한나였어요!

루이손 그녀는 우리들을 알아보지 못했어요! 그녀는 언니들이 가까이 있는 것을 예감하지 못했어요. 그녀는 땅을 쳐다보았으며 아주 창백했어요. 그리고 깃발을 들고 있으면서 떨고 있었어요 — 그녀를 보았을 때 나는 기뻐할 수가 없었어요.

마르곳 그렇지만 나는 나의 여동생이 영광과 화려함속에 있는 것을 보았어. — 누가 꿈 속에서인들 예감을 했겠으며 생각했겠는가, 그녀가 우리들의 산 위에서 양떼를 몰고 있을 때 우리들이 그런 화려함 속에서 그녀를 보리라고.

루이손 우리들이 랭스에서 여동생 앞에 몸을 굽힐 것이라는 아버지의 꿈이 현실화되었어요. 저것이 아버지가 꿈 속에서 본, 모든 것이 이루어진 교회이어요. 그렇지만 아버지는 슬픈 얼굴들도 보았답니다, 아, 그녀를 그렇게 위대하게 보다니 슬퍼요!

베트랑 왜 여기에 한가로이 서 있는가? 성스러운 식을 구경하기 위해 교회 안으로 갑시다!

마르곳 그래, 가요!

어쩌면 그곳에서 여동생을 만날 수 있을지도 모르니까요.

루이손 우리들은 이미 그녀를 보았어요, 마을로 돌아가요.

마르곳 뭐라고! 그녀를 만나서 말도 해보기 전에?

루이손 그녀는 더 이상 우리들에게 속하지 않아요, 그녀의 자리는 영주 옆이죠, 그리고 왕들 옆이죠. — 그녀의 영광에 헛되이 몰려가려는 우리들은 누구죠? 그녀가 아직 우리들이었을 때 그녀는 우리에게 낯설었답니다!

마르곳 그녀가 우리를 부끄러워하고 멸시할까?

베트랑 왕 자신도 우리들을 부끄러워하지 않소, 그는 비천한 사람들에게도 친절하게 인사를 했소, 그녀가 아무리 높다하지만 왕이 더 높소!

(트럼펫과 팀파니가 교회에서 울려나온다.)

클라우데 마리아 교회에 갑시다!

(그들은 무대 뒤쪽으로 서둘러 가며 그 곳에서 백성들 사이로 사라진다.)

제 8 장

검은 옷을 입고 티보가 온다. 래몽이 티보를 따르고 티보를 붙잡
으려 한다.

래 몽   아버님, 잠깐만! 인파에서 물러서세요! 여기 온통
        기쁜 사람들이 보이시죠, 당신의 분노가 이 축제를 망
        칩니다.

        자! 서둘러 도시에서 벗어납시다.

티 보   나의 불행한 아이를 보았겠지? 그녀를 제대로 관
        찰했는가?

래 몽   오, 부탁합니다, 달아납시다!

티 보   그녀의 걸음이 휘청거리는 것을 보았네, 그녀의
        얼굴이 창백하고 정신나간 것을!

        불행한 그녀는 자신의 상태를 느끼고 있다네, 내
        아이를 구할 순간이야, 나는 그 상태를 이용하고자
        하네.(티보가 가려고 한다.)

래 몽   잠깐만! 어쩔려고 그러십니까?

티 보   나는 헛된 행복에서 그녀를 끌어내리려 하네, 억
        지로, 나는 그녀가 거부한 그녀의 신에게로 되돌리려
        고 하네.

래 몽 아, 그런 생각을 하시다니! 당신 자신의 아이를
멸망으로 몰지 마십시오!

티 보 그녀의 영혼만 산다면 그녀의 육신은 죽어도 될
것이네. (요한나는 깃발을 들지 않은 채, 교회에서 뛰어나온
다. 백성들은 그녀에게 몰려가 그녀에게 예배하고 옷에 키스한
다. 그녀는 인파 사이 무대 뒷 편에 붙들려 있다.)

그녀가 온다! 그녀다! 교회에서 얼굴이 창백해
가지고 뛰어나온다. 불안이 그녀를 교회에서 몰아
낸다, 이것이 그녀에게 내리는 신의 심판이다! ―

래 몽 안녕히 계십시오! 당신을 더 동반하라고 내게 요
구하지는 마십시오! 나는 희망에 가득 차 왔다가 고통
에 차서 갑니다. 나는 당신의 딸을 다시 보았습니다,
그리고 나는 또 다시 그녀를 잃고 있음을 느낍니다!

(래몽이 퇴장을 하고, 티보는 반대편으로 멀어져 간다.)

제 9 장

요한나. 백성. 요한나의 언니들.

요한나   (백성들을 피하여 앞으로 온다.) 나는 머물 수가 없
다. ─ 영이 나를 쫓고 있다, 천둥은 오르간 소리처럼
울린다, 성당의 천장이 내 위로 무너진다, 나는 자유
로운 하늘의 넓이를 찾아야 한다! 깃발을 교회에 두었
다, 나는 절대로 깃발에 손을 대어서는 안 된다! ─
사랑하는 언니들이 마치 꿈처럼 내 곁을 지나가는 것
을 본 것 같다. ─ 아! 그것은 단지 속임수였다! 그들
은 멀리 있다, 멀리, 다다를 수 없는 먼 곳에, 내 유
년의 행복처럼, 내 순수의 행복처럼.

마르곳   (앞으로 나서면서) 그녀다, 요한나다.

루이손   (요한나 쪽으로 서둘러 간다.) 오, 나의 여동생!

요한나   그러나 환상이 아니었다. ─ 그들이다. ─ 나의
루이손! 나의 마르곳! 여기 이 낯선 많은 사람들이 있
는 황야에서 나는 친숙한 언니들의 가슴을 안노라!

마르곳   그녀는 우리들을 아직도 알아본다, 아직도 착한
동생이다.

요한나   언니들의 사랑이 이렇게 멀리까지 나에게로 이끌

다니! 냉정하게 작별 인사도 없이 떠난 동생에게 화도
내지 않다니!

루이손　신의 어두운 섭리가 너를 내보냈어.

마르곳　모든 세상을 움직이고 너의 이름을 모든 입에 올
리게 한 너의 외침이 조용한 마을에 있는 우리들을 깨
워 이 축제로 오게 했어. 우리들은 너의 화려함을 보
러왔어, 그리고 우리들만이 아니야!

요한나　(재빨리) 아버지가 함께 오셨단 말인가! 어디, 아
버지는 어디에 계신가요? 왜 그는 보이지 않지요?

마르곳　아버지는 우리와 함께 오지 않았어.

요한나　아니라고? 아버지는 자신의 아이가 보고싶지도
않은지? 언니들은 아버지의 축복을 가져오지 않았나
요?

루이손　아버지는 우리들이 여기에 있는지 모르고 있어.

요한나　아버지가 모르시다니!

　　왜 모르시지요? — 언니들은 정신이 나갔어요?
침묵을 지키고 땅을 보고 있군요! 말하세요, 아버
지가 어디에 계신지?

마르곳　네가 떠난 후로 —

루이손　(마르곳에게 눈짓을 한다.) 마르곳!

마르곳　아버지가 침울해 하셨어.

요한나　침울해 하시다니!

루이손　진정해라! 너는 아버지의 예감이 가득 찬 영혼을

알고 있지 않은가! 네가 행복하다는 사실을 우리들이 아버지에게 말한다면 아버지는 정신을 찾을 것이며 만족할 것이다.

마르곳 그렇지만 너는 행복하니? 너는 그렇게 위대하고 존경을 받기에 행복할 것임에 틀림이 없겠구나!

요한나 그래요. 내가 언니들을 다시 보고, 언니들의 목소리를 듣고, 아버지의 목초지를 상기시켜 주는 사랑스러운 톤을 들었기에.

내가 우리들의 산 위로 양 떼를 몰 때 나는 천국에서 마냥 행복했었는데. — 나는 이제 다시는 그럴 수 없고 그렇게 될 수가 없답니다!

(요한나는 얼굴을 루이손의 가슴에 묻는다. 클라우데 마리, 에티네와 베트랑이 나타나며 멀리서 머뭇거리며 서 있다.)

마르곳 에티네! 베트랑! 클라우데 마리!

동생은 오만하지 않으며 부드럽고 마을에서 우리들과 함께 살았을 때 이상으로 친절해요.

(그들은 가까이 다가와 요한나에게 손을 내밀려 한다. 요한나는 멍한 시선으로 그들을 바라보며 경악한다.)

요한나 나는 어디에 있었나요? 말해 주세요! 그 모든 것은 단지 긴 꿈에 지나지 않았으며 나는 깨어났는지요?

도 레미를 떠나 왔는지요? 그렇지요! 나는 마법

의 나무 밑에서 잠을 자다가 깨어났으며, 자매들
이, 잘 아는 편안한 모습들이 나를 둘러싸고 있는
거지요?

이 왕들, 전투 그리고 전쟁의 행위에 대해 나는
꿈을 꾸었을 뿐이야. ― 그것은 나를 지나간 그림
자에 불과했어, 나는 이 나무 아래서 생생하게 꿈
을 꾸고 있기에.

언니들은 어떻게 랭스로 왔는지요? 나 자신은
어떻게 여기로 왔지요? 아니, 나는 도 레미 마을을
떠난 적이 없어요! 나에게 솔직히 고백하고 내 마
음을 기쁘게 해 주세요!

루이손 우리들은 랭스에 있단다. 너는 이 모든 것에 대해
꿈을 꾼 것이 아니야, 너는 이 모든 것을 실제로 행했
어. ― 자신을 인식하고, 네 주변을 살펴보아라, 너의
빛나는 황금 갑옷을 느껴 보아라!

(요한나는 손을 가슴으로 가져가 생각에 잠기고는 놀란
다.)

베트랑 내 손에서 당신은 이 투구를 받았소.

클라우데 마리 당신이 꿈을 꾸고 있다고 생각하는 것은
기적이 아니오, 당신이 한 일은 꿈 속에서도 더 기적
적으로 일어날 수 없기 때문이지.

요한나 (재빨리) 자, 도망가요! 나는 형제들과 함께 가겠
어요, 나는 우리들의 고향, 아버지의 품으로 되돌아가

겠어요.

루이손　오, 가자! 우리와 함께 가자!

요한나　이 모든 사람들은 내가 한 일 이상으로 나를 추켜 세웠어요, 언니들은 나를 유치하고 작고 약한 것으로 보았어요, 언니들은 나를 사랑하고 있어, 그렇지만 언니들은 나를 숭배하지 않지요!

마르곳　너는 이 모든 영광을 버리려 하는구나!

요한나　언니들의 마음을 내 마음에서 멀어지게 한 이 증오의 장식을 내게서 던져 버리려 해요. 그리고 나는 다시 사람의 목자가 되기를 원해요. 천한 하녀처럼 언니들을 도와 주고 내가 헛되이 언니들 위에 있었던 일에 대한 엄한 속죄로 그것을 갚겠어요.

　　(트럼펫 소리가 울린다.)

제 10 장

왕이 교회에서 나온다. 그는 대관식 복장을 하고 있다. 아그네스 소렐, 대주교, 브루군트, 뒤노아, 라 이르, 뒤 샤텔, 기사, 궁중 인들과 백성들.

모든 목소리　(왕이 앞으로 나오자 반복하여 외친다.) 카를 7세 만세!

　　(트럼펫이 울린다. 왕이 신호를 보내자 전령들이 지팡이를 들어 침묵을 지시한다.)

왕　나의 선량한 백성이시여! 여러분들의 사랑에 감사하오!

　신이 우리의 머리 위에 씌워 준 왕관은 검을 통하여 얻었소, 고귀한 백성의 피로 엮어져 있소. 그러나 올리브 나뭇가지는 평화로이 그 왕관을 푸르게 해야 하오.

　우리를 위해 싸운 모든 사람에게 감사하며 우리에게 맞서 싸운 모든 사람을 용서하오. 신이 우리들에게 은총을 주셨기 때문이오, 그리고 왕의 첫 말은 은총일 것이오!

백성들　카를 왕, 만세!

왕   신으로부터, 최고의 통치자로부터 프랑스의 왕은 왕
관을 받았소. 그러나 우리들은 그 왕관을 더 확실한
방법으로 신의 손에서 받았소.

(처녀 쪽으로 몸을 향하여.) 낯선 지배의 질곡을 부
수고 너희들에게 왕을 되돌려 준, 신이 보낸 자가
여기 있소!

그녀의 이름은 이 나라의 보호자인 성 데니와 같
아야 할 것이오, 그리고 제단은 그녀의 명성을 높
일 것이오!

백성들 처녀에게 축복이 있기를! 처녀여! 구원자여, 축복
이 있기를!(트럼펫)

왕   (요한나에게) 그대가 우리들처럼 인간에 의해 태어났다
면 어떤 행복이 그대를 기쁘게 하는지 말하라.

그렇지만 그대의 조국이 저기 위라면, 천상의 광
채를 이 처녀의 몸에 감고 있다면 우리의 눈에서
붕대를 치우고 우리들이 먼지 속에서 그대를 숭배
하도록 그대의 모습을 그대의 빛 속에 보이게 하라
— ! (침묵, 모든 사람들의 눈이 처녀를 향해 있다.)

요한나   (갑자기 소리를 지르면서.) 맙소사! 나의 아버지다!

제 11 장

앞선 사람들. 티보가 군중 속에서 나와 맞은편에 선다.

여러 사람들의 목소리 그녀의 아버지다!

티 보 그래, 불행한 그녀를 낳고, 자신의 딸을 고발하기
    위해 신의 재판을 가져오는 그녀의 불쌍한 아버지다!

브루군트 하! 뭐라고!

뒤 샤텔 이제 끔찍한 일이 일어나는군!

티 보 (왕에게) 신의 힘을 통해 자신을 구했다고 왕은 생
    각하시는지요? 속임수를 당한 영주시여! 프랑켄의 눈
    먼 백성이여! 당신은 악마의 요술로 구원되었습니다.

    (모두들 놀라서 물러선다.)

뒤노아 이 사람이 미쳤는가?

티 보 내가 아니라, 당신이 미쳤소. 그리고 여기 이 사
    람들과 현명하신 주교님, 그들은 하늘이 천한 소녀를
    통해 선포하려 한다고 믿고 있소. 그녀가 아버지 앞에
    서도 거짓을 주장하는지 보게 하시오,

    무엇으로 백성들과 왕을 속였는지 삼위일체의 이
    름으로 내게 말해라, 너는 성신과 순결한 자들에게
    속하는지?

(침묵, 모든 시선이 요한나에게 쏠려 있다, 요한나는 움
직이지 않고 서 있다.)

소 렐   맙소사, 그녀가 말을 하지 않다니!

티 보   지옥의 깊숙한 곳에서도 두려워할 끔찍한 이름
앞에 너는 그것을 말해야 한다! ― 옛날부터 나쁜 귀
신들이 있는 마술의 나무 아래서, 저주받은 곳에서 그
런 이야기가 만들어졌다. ― 이 곳에서 그녀는 인간의
적에게 죽지 않는 부분을 팔고, 그래서 그 부분은 짧
은 세속의 명성으로 그녀를 영광스럽게 하고 있소. 그
녀의 팔을 펴게 하여 지옥이 그녀에게 준 표시를 보시
오!

브루군트   끔찍하구나! ― 자신의 딸을 해롭게 하는 아버
지의 말을 믿을 수 밖에 없지 않은가!

뒤노아   아니, 자신의 아이를 욕되게 하는 사람을 믿을 수
없소!

소 렐   (요한나에게) 오, 말하시오! 이 불행의 침묵을 깨
뜨리시오! 우리들은 당신을 믿어요! 우리들은 당신을
확실하게 신뢰하고 있어요!

당신 입에서 나오는 한 마디의 말만으로도 충분
하오. ― 말하시오! 이 무서운 문책을 그치게 하시
오. ― 설명하시오. 당신은 죄가 없습니다, 그리고
우리는 당신은 믿고 있어요. (요한나는 움직이지 않고
서 있다, 아그네스 소렐은 놀라서 요한나에게서 물러선다.)

라 이르   그녀는 놀랐소. 놀라움과 끔직함이 그녀의 입을
    닫게 했소. ― 그런 무서운 비난 앞에서는 무죄도 떨
    지 않을 수 없지요. (그는 그녀에게 다가선다.) 요한나,
    정신차리시오. 느끼시오. 중상모략을 강력하게 무시하
    는 승리자의 시선이 바로 무죄를 말하고 있구려.

    고귀한 분노 속에 몸을 일으키시오, 시선을 드시
    오, 당신의 성스러운 덕성을 욕되게 한 무가치한
    의심을 벌주고 수치스럽게 하시오. (요한나는 움직이
    지 않고 서 있다. 라 이르가 놀라서 물러선다, 동요가 일어
    난다.)

뒤노아   백성들은 왜 불안해 하는가? 무엇이 영주들조차
    떨게 하는가? 그녀는 아무 죄가 없소. ― 내가 그녀를
    보증하겠소, 나 스스로 그녀를 위하여 나의 영주의 명
    예를 걸고 나의 기사의 손수건을 던지겠소,

    누가 감히 그녀를 죄인이라고 말하는가? (격렬한
    천둥, 모두들 놀라서 서 있다.)

티 보   저 위에 천둥치는 신을 두고 대답하라! 너는 죄가
    없다고. 적이 너의 가슴에 있다는 사실을 부정하라,
    그리고 나의 거짓말을 벌하라!

    (두 번째 더 강한 천둥, 백성들은 사방으로 도망간다.)

브루군트   신이여, 우리를 보호하소서! 이 무슨 끔찍한
    표시인가!

뒤 샤텔   (왕에게) 갑시다! 나의 왕이시여, 갑시다! 이곳을

피합시다!

대주교   (요한나에게) 신의 이름으로 나는 너에게 묻노라.
너는 무죄의 감정에서 아니면 죄의 감정에서 침묵을
지키는가? 이 천둥 소리가 너를 위하여 나는 것이라
면 이 십자가를 잡고 표시를 하라!

　　(요한나는 움직이지 않고 서 있다. 다시 격렬한 천둥 소
리. 왕, 아그네스 소렐, 대주교, 브루군트, 라 이르와 뒤 샤
텔이 퇴장한다.)

제 12 장

뒤노아. 요한나.

뒤노아 당신은 나의 아내요. — 나는 첫 시선에서 당신을 믿었소, 아직도 그렇게 생각하고 있소.

이 모든 표시보다, 저 위에서 울리는 이 천둥 소리보다도 나는 당신을 더 믿고 있소. 당신은 분노에서 침묵을 지키고 있으며 성스러운 무죄에 휩싸여 수치스러운 의심에 반박하는 것을 경시하고 있소.

— 그렇게 하는 것을 경시하시오, 그러나 나는 당신을 신뢰하오, 당신의 무죄를 나는 절대로 의심하지 않소. 내게 아무 말도 하지 마시오. 당신이 나의 강력함을 믿고 당신의 좋은 일을 믿는다는 증거로 내게 손을 주시오.

(뒤노아는 요한나에게 손을 내밀고 요한나는 움칠하는 동작으로 뒤노아에게서 몸을 돌린다; 뒤노아는 놀라서 멍하니 서 있다.)

제 13 장

요한나, 뒤 샤텔. 뒤노아. 마지막으로 래몽.

뒤 샤텔   (되돌아오면서) 요한나 다아크! 당신이 무사히 이
도시를 떠나기를 왕께서 허락하고자 하오. 성문들은
당신에게 열려있소. 어떤 모욕도 두려워하지 마시오.
왕의 평화가 당신을 보호할 것이오. — 뒤노아 백작은
나를 따르십시요 —

　　　(뒤 샤텔은 간다. 뒤노아는 경직에서 깨어나 다시 한번
시선을 요한나에게 던지고는 퇴장한다. 요한나는 한동안 혼
자 서 있다. 마침내 래몽이 나타난다. 잠시 멀리서 조용한
고통으로 요한나를 관찰한다. 그리고 나서 요한나에게 다가
가 손을 잡는다.)

래 몽　　좋은 기회요. 갑시다! 갑시다! 거리에는 아무도
없소. 나에게 손을 내미시오. 내가 당신을 안내하겠
소.

　　　(래몽를 보자 요한나는 처음으로 느낌을 가진다는 표시
를 한다. 래몽를 멍하니 주시하고는 하늘을 쳐다본다. 그리
고 나서 래몽의 손을 격렬하게 잡고는 퇴장한다.)

제5막

거친 숲. 멀리 숯 만드는 오두막이 보인다.
아주 어둡고 격렬한 천둥과 번개. 그 사이로 총
소리.

제 1 장

숯 굽는 남자와 그 아내.

숯 굽는 남자   무섭고 살인적인 뇌우다. 하늘이 불바다에
자신을 쏟아 부으려는 것처럼 위협하는 군, 밝은 날에
별을 볼 수 있을 정도의 밤이 되었다. 강풍은 고삐 풀
린 지옥처럼 미쳐 날뛰고 지구가 움직이고 늙은 물푸
레나무가 꺽이면서 그 왕관을 굽히는구나.

　구덩이 속에 몸을 감추도록 거친 동물들에게도
고요함을 가르치는 저기 위의 이 무서운 전쟁은 인
간에게는 어떤 평화를 주지도 못하다니. — 바람과
강풍의 울부짖음에서 대포 소리가 들린다; 두 군대
가 너무나 가까이 서 있어 숲만이 그들을 분리하니
머지않아 피비린내 나는 끔찍한 일이 일어날 것이
야.

숯 굽는 남자의 아내   신이 우리와 함께 하시기를! 적들
은 이미 완전히 패하여 흩어졌어요. 그들이 새로이 우
리들을 불안하게 하다니 어떻게 된 일인가요?

숯 굽는 남자   소녀가 마녀가 되고 사악한 적이 우리를
더 이상 돕지 않는 이래로 그들은 왕을 더 이상 두려

워하지 않소, 모든 것이 되돌아가오.

숯 굽는 남자의 아내   귀를 기울이시오! 누가 오고 있는
걸까요?

제 2 장

래몽과 요한나가 앞 사람들에게로.

래 몽 오두막이 있소. 자, 이 곳에서 분노하는 강풍을
피합시다. 당신은 더 이상 참지 못할 것이오, 삼일 동
안 당신은 인간의 눈을 피해서 돌아다녔소, 거친 야생
뿌리들이 당신의 음식이었소.

(강풍이 잦아들고 날이 환하고 밝아 온다.)

동정심 많은 숯 굽는 사람들이오. 들어갑시다.

숯 굽는 남자 당신들은 휴식이 필요한 것 같소. 들어오시
오! 우리들의 초라한 지붕이 도움이 된다면 그렇게 하
시오.

숯 굽는 남자의 아내 연약한 처녀가 갑옷을 입고 무엇을
하려는지? 그렇지만 하긴! 지금은 여자도 갑옷을 입
어야 하는 힘든 때지!

이사보 여왕조차도 적의 진영에서 무장을 하고
있다고 사람들은 말하오. 그리고 어떤 처녀, 양치
는 처녀가 우리의 주인이신 왕을 위하여 싸웠다오.

숯 굽는 남자 무슨 소리를 하오? 집안에 들어가 처녀에
게 생기가 돌아오게 마실 것이나 한 잔 갖다 주구려.

(숯굽는 남자의 아내가 오두막 안으로 간다.)

래 몽 (요한나에게) 보시오, 모든 사람들이 다 끔찍하지
는 않소, 거친 생활에도 부드러운 마음은 살아 있소.
정신을 차리시오! 강풍이 끝나고 태양이 평화롭게 빛
을 발하면서 지고 있소.

숯 굽는 남자 무장을 하고 여행하는 것을 보니 당신들도
우리 왕의 군대에 가려는 가보군. ― 보시오! 영국인
들이 가까이에 진영을 펴고 있소, 그리고 그들의 말이
들판을 달리고 있소.

래 몽 아! 어떻게 빠져 나가야 할지?

숯 굽는 남자 내 아들이 시내에서 돌아올 때까지 기다리
시오, 그는 당신들을 숨은 길로 안내할 것이오, 아무
것도 두려워할 것이 없소. 우리들은 지름길을 알고 있
소.

래 몽 (요한나에게) 투구와 갑옷을 벗으시오, 이로 인해
당신이 누구인지 알게 하고 당신을 보호하지 못하게
하오.

(요한나가 머리를 흔든다.)

숯 굽는 남자 처녀는 아주 슬픈 것 같군. ― 조용하시오!
거기 누구요?

제 3 장

앞선 사람들. 아내가 오두막에서 잔을 가지고 나온다. 숯 굽는 소년.

숯 굽는 남자의 아내 돌아오기를 기다리던 우리 아들입니다. (요한나에게) 고귀한 처녀여, 마셔요! 신의 축복이 함께 있기를!

숯 굽는 남자 (그의 아들에게) 아네트, 너구나? 무슨 소식이 있느냐?

숯 굽는 소년 (막 물 잔을 입에 갖다대는 처녀의 눈을 드려다본다. 요한나를 알아보고 그녀에게 다가가 물 잔을 입에서 빼앗는다.) 어머니! 어머니! 무엇을 하고 계십니까? 누구를 접대하는지요? 이 자는 오를레앙의 마녀입니다!

숯 굽는 남자와 그 아내 신의 가호가 있기를!

(그들은 십자를 긋고는 도망간다.)

제 4 장

래몽과 요한나.

요한나   (진정해서 부드럽게)

　저주가 나를 따르고 모두 나를 피하는 것이 보이
지요. 당신 자신을 생각해서 나를 떠나세요.

래 몽   내가 당신을 떠나다니! 지금! 그러면 누가 당신
과 동반한단 말이오?

요한나   나는 혼자 있는 것이 아닙니다.

　내 위에서 천둥치는 소리를 들었지요! 나의 운명
이 나를 이끕니다. 걱정하지 마시오, 나는 헤매지
않고도 목적지에 도달할 것입니다.

래 몽   어디로 가려하오? 여기는 당신에게 복수를 맹세
한 영국인들이 서 있고 — 저기는 당신을 내치고 쫓아
낸 우리 쪽 사람들이 —

요한나   일어나야 할 일만 내게 일어날 것입니다.

래 몽   누가 당신에게 음식을 찾아 준단 말이오? 누가
당신을 거친 짐승과 더 거친 인간들 앞에서 보호한단
말이오? 당신이 아프고 비참하면 누가 당신을 돌본단
말인가?

요한나 나는 모든 약초와 나무뿌리를 알고 있습니다, 나
의 양들로 부터 건강한 것과 독이 든 것을 구분하는
것을 배웠습니다. — 나는 별의 흐름과 구름의 행렬을
이해하며 숨겨진 샘물이 속삭이는 소리도 들을 줄 압
니다. 인간은 많은 것을 필요로 하지 않습니다, 그리
고 사는 데는 자연만으로 풍부하지요.

래 몽 (요한나의 손을 잡는다.) 당신은 당신에게 되돌아가
지 않으려오?

신과 화해를 하고 — 성스러운 교회의 품속으로
후회하면서 돌아가지 않으려오?

요한나 당신도 내가 무거운 죄를 지었다고 생각합니까?

래 몽 내가 그렇게 생각하면 안 되는지? 당신의 말없는
고백이 —

요한나 모든 세상이 나를 내쫓았을 때 고난 속으로 나를
따라 온 당신, 나에게 성실하게 머문 유일한 사람인
당신조차 나를 저주받은 여자로 취급하는군요 — (래
몽이 침묵을 지킨다.) 오, 가혹합니다!

래 몽 (놀라서) 당신은 정말 마녀가 아니었소?

요한나 내가 마녀라고!

래 몽 이 기적들!

당신은 이것들을 신의 힘으로 그리고 그의 성녀
의 힘으로 이루었단 말이오?

요한나 그렇지 않으면 누구의 힘인가요?

래 몽   당신은 무서운 문책에도 침묵을 지켰소. — 당신
       은 이제 말을 하고 있소, 말해야 했던 왕 앞에서는 입
       을 다물었소!

요한나   나는 신이, 나의 스승이 내게 내린 운명에 말없이
       자신을 맡겼어요.

래 몽   당신은 당신의 아버지가 말하는 것에 반박을 할
       수가 없었소.

요한나   그것이 아버지에게서 왔기에, 그것은 신에게서
       온 것이었어요. 시험도 아버지와 같을 것입니다.

래 몽   하늘이 스스로 당신의 죄를 증언했지 않은가!

요한나   하늘이 말했습니다, 그 때문에 나는 침묵을 지켰
       어요. —

래 몽   뭐라고? 당신은 한마디로 자신을 순결하게 — 하
       고, 세상을 이 불행한 오해 속에 남겨 두려하오?

요한나   오해가 아니었습니다, 그것은 섭리였습니다.

래 몽   이 모든 수치를 죄없이 당하고도 입에서는 어떤
       불평도 하지 않았다니!
         — 나는 당신이 놀랍소, 나는 놀라 서 있으며 내
       마음이 가슴 깊이 숨어 버렸소!
         오, 나는 당신의 말을 진실로 받아들이고 싶소,
       당신의 죄를 믿는 것이 내게는 힘들기 때문이오.
       그렇지만 약한 마음 때문에 말없이 이 끔찍한 것을
       지니고 있을거라는 생각은 할 수 있었소.

요한나 신에 의해 보내진 자인 것은 내 탓이오, 내가 만약에 스승의 뜻을 무조건 따르지 않았더라면!

그리고 나는 당신이 생각하는 것만큼 그렇게 비참하지 않아요. 나는 부족하지요, 하지만 그것은 나의 상황에 대한 불행이 아닙니다. 나는 쫓겨나 도망 중입니다. 그렇지만 나는 황야에서 나를 인식하는 것을 배웠지요.

명예의 빛이 나를 둘러쌌을 때, 내 가슴 속에는 싸움이 일었답니다. 세상이 나를 가장 많이 부러워하는 것처럼 보였을 때 나는 가장 불행한 여인이었어요. ― 이제 치유되었습니다. 그리고 자연에게 종말을 위협하는 강풍은 나의 친구였어요. 그는 세상과 나를 순결하게 했습니다. 내 안에는 평화가 있습니다. ― 원하는 대로 일어날 것이오, 나는 어떤 나약함도 더 이상 모릅니다!

래 몽 오 갑시다, 갑시다, 서두릅시다. 당신의 무죄를 큰 소리로 모든 세상 앞에서 들어 내기 위해!

요한나 혼란을 보낸 자가 그 혼란을 풀 것이오! 단지 그 혼란이 무르익으면, 운명의 열매가 떨어집니다! 나를 순결하게 하는 그 날이 올 것입니다.

그리고 지금 나를 비난하고 저주한 그들은 자신의 잘못된 생각을 깨닫게 될 것이며 내 운명에 눈물을 흘릴 것입니다.

래 몽 우연이 — 할 때까지 나는 말없이 참아야 한다 말
인가.

요한나 (래몽의 손을 부드럽게 잡으면서) 당신은 사물의 자연
스러운 것만을 봅니다, 지상의 끈이 당신의 시선을 휘
감고 있기 때문이지요. 나는 불멸의 것을 내 눈으로
보았어요. — 신 없이는 어떤 머리카락도 인간의 머리
에서 떨어지지 않습니다. — 저기 태양이 하늘에서 지
는 것을 당신은 보고 있습니다. — 분명 그렇게 태양
은 내일 다시 환하게 돌아오며, 진실의 날은 그렇게
돌아올 것입니다.

제 5 장

앞 사람들. 여왕 이사보가 군인들과 함께 뒤에서 나타난다.

이사보   (아직도 뒤에서) 이것이 영국 진영으로 가는 길이
구나!

래 몽   맙소사! 적들이다! (군인들이 등장한다. 요한나가 있
는 것을 알고 놀라서 비틀거리며)

이사보   아니! 무엇이 행렬을 막는가!

군인들   신의 가호가 있기를!

이사보   귀신이 너희들을 놀라게 하는구나!

너희들이 군인이란 말인가? 너희들은 겁쟁이들
이다! — 뭐라고? (이사보는 다른 사람들 사이를 뚫고
앞으로 나선다. 요한나를 보자 얼굴이 하얗게 질려 물러선
다.)

내가 무엇을 보고 있는가! 하! (이사보는 재빨리 정
신을 차리고는 처녀에게 다가선다.)

항복하라! 너는 나의 포로다.

요한나   나요.

(래몽은 절망의 표시와 함께 도망친다.)

이사보   (군인들에게) 그녀를 묶어라!

(군인들이 머뭇거리면서 요한나에게 다가가고 요한나는 손을 내밀어 포박을 당한다.)

이 여자를 너희들이 양 떼들처럼 두려워했단 말인가, 이제는 자신도 방어할 줄 모르는 그 강력한 자, 무서운 자란 말인가? 사람들이 믿는 곳에서는 기적을 행하고 남자를 만나면 여자가 되는가? (처녀에게)

왜 너는 너의 군대를 떠났느냐? 너의 기사이며 보호자인 뒤노아 백작은 어디에 있는가?

요한나 나는 쫓겨났소.

이사보 (놀라 물러서면서) 무엇이라고? 이럴수가? 네가 쫓겨났다고? 왕으로부터!

요한나 묻지 마시오! 나는 당신의 포로요, 나의 운명을 결정하시오!

이사보 왕을 절벽에서 구하여 랭스에서 왕관을 씌우고 그를 프랑스의 왕으로 만들었기에 쫓아내었다고! 바로 그런 점에서 내 아들이다! ― 그녀를 진영으로 안내하라. 군대에게 그 앞에서 그렇게 떨던 유령을 보여주어라! 그녀는 마녀다! 그녀의 모든 마술은 너희들의 망상이며 약한 마음 때문이다!

그녀는 자신의 왕을 위해 희생한 바보다, 그리고 이제 그 대가를 받는다. ― 그녀를 리오넬에게 데리고 가라. ― 프랑켄의 행운인 너를 그에게 묶어서 보내겠다, 나 자신도 곧 따라가겠노라.

요한나   리오넬에게! 나를 리오넬에게 보내느니 차라리
　　　여기서 당장 나를 죽이시오!

이사보   (군인들에게) 명령을 따르라. 그녀를 데리고 가
　　　라!(퇴장한다.)

제 6 장

요한나. 군인들.

요한나   (군인들에게) 영국인들이여, 내가 살아서 너희의
      손에서 빠져 나오는 것을 참지 마라! 복수하라! 칼을
      빼 내 가슴을 찔러라, 영혼을 빼앗아 나를 너희 장교
      앞에 끌고 가라! 나는 너희의 훌륭한 사람들을 죽이고
      한치의 동점심도 가지지 않았다, 영국인들의 피가 강
      물처럼 흐르게 했으며 용감한 영웅의 아들이 기쁜 귀
      향의 날을 보지 못하게 한 것이 나였음을 생각하라!
      복수를 하라! 나를 죽여라! 너희들은 이제 나를
      붙들고 있다, 절대로 내가 이처럼 나약한 것을 보
      지는 못할 것이다. ─

군인들의 지휘자   여왕이 명령하는 대로 하라!

요한나   내가 더 불행하게 되어야 하는가! 무서운 성모
      마리아여! 당신의 손은 무겁습니다! 당신은 나를 당
      신의 보호에서 완전히 내쫓았습니까? 어떤 신도 나타
      나지 않으며, 천사도 더 이상 나타나지 않고 있습니
      다. 기적들이 쉬고 있습니다, 하늘이 문을 닫았습니
      다. (요한나는 군인들을 따른다.)

제 7 장

프랑스 진영.
대주교와 뒤 샤텔 사이에 뒤노아.

대주교 왕자여! 용기를 내시오. 자 함께 갑시다! 왕에게 되돌아갑시다! 우리들이 새로이 몰리고 있고, 영웅의 도움을 필요로 하는 이 순간에 중요한 일을 포기하지 마시오.

뒤노아 왜 우리들이 밀리고 있습니까? 왜 적이 다시 득세를 하는지요? 모든 것을 했습니다, 프랑스는 승리하고 전쟁은 끝이 났습니다. 당신들은 구원자를 쫓아내었습니다, 이제는 스스로를 구하시오! 그녀가 더 이상 존재하지 않는 진영을 나는 다시 보지 않을 것입니다.

뒤 샤텔 왕자여, 더 나은 충고를 하시오. 그런 대답으로 우리를 떠나지 마시오!

뒤노아 뒤 샤텔, 아무 말도 하지 마시오! 나는 자네를 증오하네, 아무 말도 듣고 싶지 않소! 맨 먼저 그녀를 의심한 사람은 자네였소.

대주교 누가 그녀를 잘못 생각하지 않았으며 그녀를 거

부하는 모든 것이 증명된 이 불행한 날에 흔들리지 않
았을 것인가!

우리들은 놀랐으며 정신이 나갔으며 충격이 컸었
소. ― 누가 이 무서운 시간을 시험하듯 생각하지
않겠소?

이제 다시 정신이 돌아오고 있소, 우리들은 그녀
가 우리들 사이에 온 것을 보며 그녀에게서 어떤
결함도 발견하지 못하오.

우리들은 정신이 나갔소. ― 엄청나게 부당한 일
을 저질렀음에 우리들은 두려워하고 있소. ― 왕은
후회를 하고 공작은 자신을 비난하고, 라 이르는
어쩔 줄 모르며 모두들 슬픔에 쌓여 있소.

뒤노아   그녀는 거짓말쟁이오! 진실이 모습을 나타내면
진실은 그 모습을 지녀야 하오! 무죄, 성실, 순수함이
이 땅 위에 살고 있다면 ― 그녀의 입술 위에, 그녀의
맑은 눈에 그 진실은 살고 있어야만 하오!

대주교   하늘은 기적을 통해 중재를 하며 그리고 우리의
눈이 꿰뚫어 보지 못하는 이 비밀을 밝히오. ― 그렇
지만 그것은 해결될 것이오. 우리들은 지옥의 마술을
무기로 자신을 방어했던 성녀를 쫓아 내었던지 둘 중
하나일 것이오!

하늘의 분노와 벌이 둘 다를 이 불행한 나라에
불러들였소!

제 8 장

앞 사람들에게 어떤 귀족이. 그 후 래몽.

귀 족   젊은 목자가 당신을 찾습니다. 그는 급히 당신과 직접 이야기하기를 원합니다. 처녀에게서 온다고 합니다. —

뒤노아   서둘러라! 그를 안으로 데리고 오라! 그가 그녀에게서 오다니! (귀족은 래몽에게 문을 열어 주고 뒤노아는 서둘러 래몽에게 간다.) 그녀는 어디에 있는가? 처녀는 어디에 있는가?

래 몽   이 숭고한 대주교, 성스러운 분, 압박받는 자의 보호자, 버림받은 자의 아버지를 당신 집에서 발견하다니! 그대, 고귀한 왕자님과 저에게 행운을!

뒤노아   처녀는 어디에 있는가?

대주교   나의 아들이여, 우리들에게 말하라!

래 몽   주교님, 그녀는 검은 마녀가 아닙니다!

　　　신과 모든 성령에게 그것을 증언합니다. 백성들은 잘못 생각하고 있습니다. 당신들은 죄 없는 자를 쫓아 내고 신이 보낸 자를 쫓아 내었습니다!

뒤노아   그녀는 어디에 있는가? 말하라!

래　몽　저는 그녀가 아르덴 숲에서 도망칠 때 함께 동반
　　　했습니다. 그녀는 그곳에서 자신의 내심을 고백했습니
　　　다. 그녀가 모든 죄에서 순수하지 않다면 저의 영혼은
　　　영원한 영광을 가지지 못할 것이며 저는 고문 속에서
　　　죽을 것입니다!

뒤노아　하늘의 태양도 더 순수하지는 못할 것이다! 그녀
　　　는 어디에 있는가, 말하라!

래　몽　오, 신이 당신의 마음을 돌렸다면 ─ 서두시오! 그
　　　녀를 구하시오! 그녀는 영국군에 사로잡혀 있습니다.

뒤노아　잡혀 있다고! 뭐라고!

대주교　불행한 여인이여!

래　몽　우리들이 거처를 찾던 아르덴 숲 속에서 그녀는
　　　여왕에게 잡혀 영국인의 손에 있습니다. 오, 당신들을
　　　구한 그녀를 끔찍한 죽음에서 구하시오!

뒤노아　무기를 들라! 돌격하자! 소리를 질러라, 북을 울
　　　려라!

　　　모든 백성들을 전쟁터로 이끌어라! 전 프랑스는
　　　무장을 하라! 명예가 걸려 있다. 왕관과 팔라스의
　　　여신상1)이 잡혀 있다. 모두의 피를 걸어라! 너희

---

1) Palladium: 도시의 존립을 보증했으며 그로 인해 디오메데스와 오디
　　세이가 약탈한 지혜와 용기의 여신상. 아테네의 작은 나무 상. 오디세
　　이와 디오메데스가 이 여신상을 훔친 다음 비로소 트로야가 함락되었
　　다는 도시의 수호신임.

들의 생명을 걸어라! 날이 지기 전에 그녀는 풀려
나야 한다! (퇴장한다.)

탑, 위 입구가 열려있다.

제 9 장

요한나와 리오넬. 파스톨프. 이사보.

파스톨프　　(급히 들어 오면서) 백성들이 더 이상 진정하지
　　　　않습니다. 그들은 분노하면서 처녀를 죽일 것을 요구
　　　　합니다. 당신이 저항을 해도 헛된 일입니다.

　　　　　그녀를 죽이시오, 그리고 그녀의 머리를 이 탑의
　　　　망루에서 내던지시오, 그녀의 흐르는 피만이 군대
　　　　를 잠재울 것입니다.

이사보　　(온다.) 그들이 사다리를 세우고 올라온다! 백성
　　　　들을 기쁘게 하시오. 그들이 분노하여 탑 전체를 무너
　　　　뜨리고 우리 모두를 함께 죽일 때까지 기다릴 작정인
　　　　가? 당신은 그녀를 보호할 수가 없소, 그녀를 내놓으
　　　　시오!

리오넬　　올라오도록 하시오! 미쳐 날뛰도록 하시오! 이
　　　　성은 튼튼합니다, 그리고 나는 당신들이 나를 강요하
　　　　기 전에 이 성의 잔재 아래 나를 묻으려 합니다. ―
　　　　대답하시오, 요한나! 내 사람이 되시오. 그러면 나는
　　　　세상에 맞서 당신을 보호하겠소.

이사보　　남자로 말인가?

리오넬   당신 나라 사람들이 당신을 내쳤소, 당신은 당신
의 보잘 것 없는 조국을 위하여 모든 의무를 지고 있
소. 당신을 둘러싼 비겁한 자들은 당신을 버리고 당신
의 명예를 위하여 싸우려 하지 않소.

　　그러나 나는 나의 백성에 맞서서 그리고 당신 백
성에 맞서서 당신을 지지하오. ― 한때 당신은 나
로 하여금 나의 생명이 당신에게 가치있는 것으로
믿게 하였소! 그리고 그 때 나는 당신에게 맞서 적
으로서 싸웠소, 이제 당신은 나 외에는 아무런 친
구가 없소!

요한나   당신은 나의 적이며 내 백성의 적입니다! 당신과
나 사이에는 아무것도 공유하는 것이 없습니다.

　　나는 당신을 사랑할 수가 없습니다. 그렇지만 당
신의 마음이 나에게 향하고 있다면 우리들의 백성
을 위하여 축복이 있게 하시오. ―

　　나의 조국 땅에서 당신의 군대를 치우시오, 당신
이 빼앗은 모든 열쇠를 내놓으시오, 모든 노획물을
내놓고 죄수들을 풀고 성스러운 계약의 인질을 보
내시오, 그러면 나는 당신에게 나의 왕의 이름으로
평화를 제시할 것입니다.

이사보   네가 우리들에게 법을 정하려 하는가?

요한나   늦지 않게 그렇게 하시오, 당신은 그렇게 해야합
니다. 프랑스는 절대로 영국에게 속박되지 않을 것이

니까요. 절대로, 절대로 그런 일은 없을 것입니다! 차
라리 프랑스는 당신 군대를 위해 넓은 무덤이 될 것입
니다. 당신의 가장 훌륭한 군인들이 죽었습니다, 안전
한 귀향을 생각하십시오, 당신의 권력은 끝이 났습니
다.

이사보   당신들은 미친 여자의 고집을 참을 수 있는가?

제 10 장

앞 사람들. 대위 한 명이 서둘러 온다.

대 위 장교님, 서두시오, 군대를 전쟁터로 보내도록 서
두르시오. 프랑켄 사람들이 깃발을 날리면서 몰려옵니
다. 온 계곡이 그들의 무기로 번쩍입니다.

요한나 (흥분하여) 프랑켄 사람들이 몰려온다! 오만한 영
국이여, 전쟁터로 나가라, 새로이 싸울 때다!

파스톨프 미친 여자여! 너무 기뻐하지 말라! 너는 이 날
이 가기 전에 죽게 될 것이다.

요한나 나의 백성이 승리할 것이며 나는 죽게 될 것이요,
용감한 자들은 더 이상 나의 도움을 필요로 하지 않을
것이다.

리오넬 나는 비겁한 자들을 경멸하오! 우리들은 이 영웅
적인 소녀가 그들을 위해 싸우기 전에는 스무 번의 전
투에서 그들을 내쫓았소!

　　나는 모든 백성을 경시하오, 한 사람까지도. 그
들은 이 여인을 쫓아 내었소. — 가자, 파스톨프!
우리들은 그들에게 크레키와 프와티에서 두 번째
날을 준비하고자 한다. 여왕께서는 이 탑에 머물면

서 처녀를 지키시오, 만남이 결정될 때까지. 나는
오십 명의 기사를 호위병으로 당신에게 두고 가겠
습니다.

파스톨프   무엇이라고요? 우리들은 적에게 가야하며 이
미친 여자를 그냥 두어야 합니까?

요한나   포승에 묶인 여자가 두려운가?

리오넬   요한나, 도망가지 않겠다고 약속하시오!

요한나   도망가는 것이 나의 유일한 소원이오.

이사보   그녀를 세 겹으로 묶어라. 내 목숨을 걸고 그녀가
도망가지 못하게끔 하겠다.

(요한나의 몸과 팔이 무거운 쇠사슬로 묶인다.)

리오넬   (요한나에게) 당신이 도망가기를 원한다고! 당신이
우리를 굴복시킨다고! 당신이 결정하시오! 프랑스를
버리시오! 영국의 깃발을 드시오, 그러면 당신은 자유
롭고 이제 당신의 피를 요구하는 이 미친 사람들은 당
신에게 몸을 바칠 것이오!

파스톨프   (급히) 장교님, 갑시다, 갑시다.

요한나   함부로 말하지 마시오! 프랑켄 사람들이 밀려옵
니다, 방어하시오!

(트럼펫이 울리고 리오넬이 서둘러 나간다.)

파스톨프   여왕이시여, 당신이 무엇을 해야 하는지 아시
죠! 행운은 우리 반대편으로 돌아섰습니다, 우리 백성
들이 도망가는 것이 보이시죠. —

이사보   (단도를 뽑으면서) 걱정 마라! 그녀가 살아서 우리
들이 멸망하는 것을 보도록 해서는 안 된다.

파스톨프   (요한나에게) 무엇이 너를 기다리는지 너는 알
것이다. 이제 너의 백성의 무기를 위하여 행복이나 빌
어라! (파스톨프가 퇴장한다.)

제 11 장

이사보. 요한나. 군인들.

요한나 나는 그것을 원하오!

아무도 나를 그 점에서 방해해서는 안 되오. —
귀를 기우려 보시오! 나의 백성들의 군악 소리요!
군악 소리가 내 가슴속에 얼마나 용기있게 승리를
선포하면서 울리는지!

영국에게 멸망을! 프랑켄에게 승리를! 전진하라,
나의 용감한 자들이여! 처녀는 그대들 가까이에 있
소, 그녀는 전처럼 그대들 앞에 깃발을 들 수가 없
지만 — 무거운 끈이 그녀를 묶고 있소. 그렇지만
그녀의 영혼은 감옥에서 자유로이 그대들 전쟁의
노래의 날개 위에서 맴돌고 있소.

이사보 (한 군인에게) 망루 위로 올라가서 싸움터 쪽으로
보아라. 그리고 전세가 어떻게 돌아가는지 우리에게
말하라!

(군인이 올라간다.)

요한나 나의 백성이여, 용기, 용기를! 이것이 마지막 싸
움이요! 또 한번의 승리를, 그러면 적은 패배할 것이

오.

이사보   뭐가 보이는가?

군 인   그들은 이미 싸우고 있습니다. 표범의 가죽을 입고 백마를 탄 미친 자가 군인들과 함께 공격해 옵니다.

요한나   뒤노아 백작이다! 용감한 전투자여! 승리가 그대와 함께 하기를!

군 인   브루군트가 다리를 공격합니다.

이사보   열 개의 창이 배반자의 가슴을 찌르기를!

군 인   파스톨프 경이 그에게 저항합니다. 그들은 말에서 내려 남자와 남자로 싸웁니다. 공작의 사람들은 우리 편 사람들입니다.

아자보   왕은 보이지 않는가? 왕의 표시를 모르겠는가?

군 인   모든 것이 먼지 속에 있습니다. 아무 것도 구별할 수가 없습니다.

요한나   그가 나의 눈을 가졌다면, 내가 위에 서 있다면, 아무리 사소한 것이라도 내 시선에서 빠져 나가지 못할 것이건만!

　　　나는 날아가는 닭도 헤아릴 수가 있지, 높은 하늘을 날으는 독수리도 알아보지.

군 인   도랑 가에 끔찍하게 사람들이 몰려 있습니다, 위대한 사람들이, 최고의 사람들이 그 곳에서 싸우는 것 같습니다.

이사보 우리들의 깃발이 아직 날리고 있는가?

요한나 나라면 벽의 틈 사이라도 볼 수 있을텐데, 나의
　　　　눈빛으로 전투를 움직일텐데!

군　인 고통스럽구나! 내가 무엇을 보고 있단 말인가!
　　　　우리의 장교가 잡혔습니다!

이사보 (단도로 요한나를 위협한다.) 불행한 여인이여, 죽어
　　　　라!

군　인 (재빨리) 그가 풀려났습니다.
　　　　　뒤에서 용감한 파스톨프가 적을 잡고 ─ 그는 빽
　　　　빽한 무리 속으로 사라집니다.

이사보 (단도를 다시 치운다.) 너의 천사가 도왔다!

군　인 승리다! 승리다! 그들이 도망을 갑니다!

이사보 누가 달아나는가?

군　인 프랑켄과 브루군트 사람들이 달아납니다. 전쟁터
　　　　는 도망가는 사람으로 덮혔습니다.

요한나 신이여! 신이여! 당신은 나를 그렇게 버리시지는
　　　　않을 것입니다!

군　인 심하게 다친 한 사람이 도망갑니다. 많은 백성이
　　　　그에게 도와 달라고 합니다, 영주다 ─ !

이사보 우리의 영주냐 아니면 프랑켄의?

군　인 그들은 그의 투구를 벗깁니다, 뒤노아 백작입니
　　　　다!

요한나 (전력을 다해 쇠사슬을 움켜쥔다.) 내가 포승 된 여자

에 불과하다니!

군 인   보십시요! 잠깐만! 금으로 장식된 천상의 푸른
　　　　빛 외투를 입은 자가 누구입니까?

요한나   (생기있게) 그분은 나의 주인, 왕이시다!

군 인   그의 말이 겁을 먹고 있습니다. — 비틀거립니다.
　　　　— 넘어집니다, 그가 허우적거리면서 힘들게 일어섭니
　　　　다. (요한나는 이 말이 있자 전력을 다해 몸을 튼다.)

　　　　　우리 편 사람들이 이미 마구 달려가고 있습니다.
　　　　— 그들이 그에게 다다랐습니다.— 그를 둘러쌉니
　　　　다. —

요한나   오, 하늘에는 더 이상 천사가 없군!

이사보   (비아냥거리면서) 이제 때가 왔다! 이제 구원자가
　　　　구원하라!

요한나   (무릎을 끓고 힘찬 목소리로 기도하면서) 신이시여, 저
　　　　의 기도를 들으시오, 저는 극도의 고난 속에 있습니
　　　　다. 당신에게 열렬히 간청하며 당신의 하늘로 나의 영
　　　　혼을 보냅니다.

　　　　　당신은 거미줄도 배의 닻줄처럼 강하게 할 수 있
　　　　습니다, 끈을 거미줄로 바꾸는 것은 당신에게는 쉬
　　　　운 일입니다. —

　　　　　당신이 원하면 이 쇠사슬도 풀립니다. 그러면 저
　　　　는 이 탑을 부술 것입니다. — 당신은 눈멀고 포승
　　　　을 당하여 적의 쓰라린 멸시를 감수한 삼손을 도왔

　　습니다. ─ 그는 당신을 믿으면서 감옥의 문을 힘
　　차게 잡고 몸을 굽혀 뛰어내렸습니다 ─ .

군　인　　승리다, 승리했습니다!

이사보　　뭐라고?

군　인　　왕이 잡혔습니다!

요한나　　(뛰어오른다.) 신이시여, 저에게 은총을!

　　　　(요한나는 자신의 쇠사슬을 양손으로 힘차게 잡고 잡아
　　챈다. 이 순간 요한나는 옆에 서 있는 군인에게 달려가 검
　　을 빼앗고 급히 밖으로 나간다. 모두들 놀라서 멍하니 쳐다
　　본다.)

제 12 장

요한나 없이 앞 사람들.

이사보 (한참 후에) 무슨 일이 일어났는가? 내가 꿈을 꾸
었는가? 그녀는 어디로 갔는가? 이 무거운 쇠사슬을
어떻게 그녀가 깨뜨렸단 말인가? 내가 내 눈으로 직
접 보지 않았더라면 믿을 수 없을 것이다!

군 인 (망루에서) 이럴 수가? 그녀가 날개를 가지고 있는
지? 폭풍이 그녀를 휩쓸고 가 내려놓았는지?

이사보 말하라, 그녀가 밑에 있는가?

군 인 전투 한가운데서 그녀는 소리를 질렀습니다. ―지
금은 이쪽에 있습니다. ― 이제 저쪽입니다. ― 그녀
가 동시에 여러 곳에 있는 것이 보입니다!

ㅤㅤ― 그녀는 군인의 무리를 흩고 있습니다. ― 모
두들 그녀 앞에서 피합니다, 프랑켄들이 보입니다,
그들이 새로이 공격합니다!

ㅤㅤ― 고통스럽다! 나는 무엇을 보고 있는지! 우리
들의 백성은 무기를 던지고 깃발들이 넘어집니다.
―

이사보 무엇이라고? 그녀가 우리에게서 안전한 승리를

빼앗으려 한다고?

군 인   그녀는 막 왕에게 달려가고 있습니다. — 그녀가
그에게 다다랐습니다. — 그녀는 전투에서 왕을 강력
하게 낚아챕니다. — 파스톨프 경이 쓰러집니다. —
장교가 잡혔습니다.

이사보   더 이상 듣고 싶지 않다. 내려오라.

군 인   여왕이시여, 피하십시오! 습격을 당합니다. 무장
한 백성들이 탑으로 밀려옵니다.

　　　(군인이 내려온다.)

이사보   (검을 빼면서) 이렇게 쳐라, 겁쟁이여!

제 13 장

앞 사람들. 라 이르가 군인들과 함께 온다. 그가 들어올 때 백성
이 여왕에게 무기를 내민다.

라 이르   (여왕에게 경의를 표하면서 다가간다.) 여왕이시여
　　신에게 항복하시오. — 당신의 기사들은 항복했습니
　　다, 어떤 저항도 소용이 없습니다! — 나의 시중을 받
　　으시오. 어디로 모셔야 될지 명령을 하십시오.

이사보   왕을 만나지 않는 곳이면 어디라도 좋소. (이사보
　　는 검을 내놓고 군인들과 함께 라 이르를 따라간다.)

　　장면은 전쟁터로 바뀐다.

제 14 장

펄럭이는 깃발을 든 군인들이 무대를 가득 채운다. 그들 앞에 왕
과 브루군트의 공작, 두 영주의 팔에 요한나가 상처를 입고 죽어
있다. 생명의 흔적이 없다. 그들은 천천히 앞으로 들어선다. 아
그네스 소렐이 뛰어들어온다.

소 렐　(왕의 가슴에 안긴다.) 당신은 자유의 몸이군요. —
　　　당신이 살아 있군요. — 내가 당신을 다시 만나다니!

왕　　나는 풀려났소. — 이 대가를 치루고!

　　　(요한나를 가리킨다.)

소 렐　요한나! 맙소사! 그녀가 죽다니!

브루군트　그녀는 죽었소!

　　　천사가 사라지는 것을 보시오! 그녀는 고통없이
　　　조용히 잠자는 아이처럼 누워 있소! 하늘의 평화가
　　　그녀의 표정에 감돌고 있으며 가슴에는 숨결하나
　　　없소, 그렇지만 따스한 손에서는 생명이 느껴지오.

왕　　그녀는 떠났소. — 그녀는 더 이상 깨어나지 않을 것
　　　이오, 그녀의 눈은 더 이상 지상적인 것을 보지 못할
　　　것이오.

　　　이미 그녀는 저 위에서 순결해진 영혼을 보내고

있소. 그녀는 우리들의 고통도 후회도 더 이상 보
지 못하오.

소 렐 그녀가 눈을 뜹니다, 그녀가 살아 있습니다!

브루군트 (놀라서) 그녀가 무덤에서 되돌아오는가? 그녀
가 죽음을 이겼는지? 그녀가 일어난다! 그녀가 일어
선다!

요한나 (완전히 몸을 일으키고 주변을 둘러본다.) 나는 어디에
있습니까?

브루군트 요한나, 그대의 백성 곁에! 그대 사람들 옆에!

왕 그대의 친구들, 그대의 왕의 품 안에!

요한나 (왕을 한동안 멍하니 쳐다본 다음) 아니요, 나는 마녀
가 아닙니다! 나는 분명 마녀가 아닙니다.

왕 그대는 천사처럼 성스럽소, 그러나 우리들의 눈은 밤
으로 덮혀 있었소.

요한나 (밝게 웃으면서 돌아본다.) 나는 실제로 나의 백성들
사이에 있으며 더 이상 경시 당하고 쫓겨난 것이 아니
지요? 사람들은 나를 저주하지 않고 너그럽게 보는
거지요?

— 이제 나는 모두들 뚜렷이 다시 알아보겠습니
다! 이 분은 나의 왕이시군요! 이것은 프랑켄의 깃
발이고! 그런데 나의 깃발은 보이지 않는군요. —
어디에 있습니까?

나의 깃발 없이는 나는 갈 수가 없습니다, 그 깃

발은 나의 스승에게서부터 내게 주어졌습니다, 그
의 옥좌 앞에 그 깃발을 내려놓아야 합니다.

왕　(얼굴을 돌리고) 그녀에게 깃발을 주어라!

　　(사람들은 요한나에게 깃발을 준다. 그녀는 혼자 깃발을
손에 쥐고 서 있다. ― 하늘은 장밋빛으로 물든다.)

요한나　하늘에 무지개가 보이는지요? 하늘은 그 황금 문
을 열고 천사의 합창 속에 그녀가 빛을 발하면서 서
있습니다. 그녀는 영원한 아들을 가슴에 안고 있으며
미소지으면서 내게 팔을 뻗고 있습니다.

　　― 가벼운 구름이 나를 떠올립니다. ― 무거운
갑옷이 날개 옷이 됩니다. 위로 ― 위로 ― 땅이
물러섭니다. ― 고통은 짧고 기쁨은 영원하리!

　　(깃발이 요한나의 손에서 떨어진다. 요한나는 그 위에 쓰
러진다. ― 모두들 말 없는 감동 속에 오랫동안 서 있다. ―
왕의 가벼운 눈짓에 따라 모두 깃발을 요한나 위에 부드럽
게 내려놓는다, 그리고 요한나는 완전히 깃발로 덮힌다.)

작품 해설

1. 시대적, 정치적 배경

이 희곡은 영국과 프랑스 백년 전쟁의 말엽 영국군으로부터 프랑스를 구한 잔 다크의 이야기를 극화한 5막의 비극이다. 이 드라마는 1801년 9월 17일 라이프치히에서 초연되었으며 첫 막이 내리자 관객들 사이에 환호성이 터져 나왔고 쉴러가 극장 문을 나서자 모두들 기립 자세로 모자를 벗고 "쉴러 만세"를 외쳤다고 한다. 뿐만 아니라 무대에 오르기 전에 이미 괴테로부터 "이 작품은 어느 것과도 비교할 수 없을 정도로 멋지고 훌륭하며 아름답다"라는 찬사를 받은 작품이다. 왜, 무엇이 괴테를 그리고 동시대인들을 그토록 열광하게 했는지?

바스티유 감옥의 파괴로 시작된 프랑스혁명(1789)은 프랑스뿐만 아니라 독일 지성인들 사이에서도 열광적인 환영을 받았으며 모두들 그 혁명을 인류 역사의 새로운 시작이라고 보았다. 귀족과 성직자의 특권폐지, 노예제도 폐지, 인간의 자유와 평등의 선언, 절대군주의 절대권 제한, 이것은 쉴러가 자신의 문학에 제기했던 요구와 일치했다. 그러나 프랑스혁명이 나폴레옹이 이끄는 정복 전쟁

으로 변했을 때 프랑스혁명에 대한 쉴러의 긍정적인 태도
는 일시적인 것에 불과했다.

나폴레옹은 프랑스인이 아니라도 프랑스 군대에 복무할
수 있으며 전쟁에서 승리하기 위해서는 경제적인 부담도
감당해야 한다는 생각에서 독일의 프랑스 점령지에 프랑
스어를 강제로 가르치게 하여 독일인의 개성을 탈취하고
자 했다. 이와 같은 프랑스의 부당한 조치에 대해 독일
민족 감정이 형성되지 않을 수 없었다.

바로 이러한 시점에 쉴러는 영국과 프랑스 사이의 백년
전쟁이라는 역사적 사실을 기반으로 하여 『오를레앙의 처
녀』라는 작품을 만든 것이다. 영국과 프랑스 전쟁에서 프
랑스의 내분, 프랑스 왕에 즉위했으나 대관식마저 올리지
못한 카를 7세, 카를 7세의 모후인 이사보 왕비마저 영국
군에 가담하여 프랑스가 겪고 있는 혼란은 19세기 전환기
의 불행한 독일 상황과 너무나 유사하였다.

당시 독일은 통일된 국가가 아니었으며 백년 전쟁 때의
프랑스보다 내분이 훨씬 심했다. 브루군트 공작이 영국군
들과 관계했던 것과 유사했다. 쉴러가 죽은 후 얼마 되지
않아 독일의 연맹 영주들은 실제로 나폴레옹 전쟁에 가담
했으며 쉴러는 이 모든 것을 예감이라도 한 듯 이 드라마
에서 "그대 왕과 지배자들이여 분열을 두려워하시오!"라고
외쳤다. 이 말은 쉴러가 바로 독일의 민족적 분열이라는
절망적인 상황을 직면하고서 부르짖는 말이다. 자신의 추

종자들에게 조차 버림받은 나약한 카를 7세를 무대에 올려 왕이 얼마나 절망적인 상황에 있는지 보여주고 있다.

백성들이 왕을 위해 희생하는 것이 아니라 "왕이 바로 귀족들의 오만에 맞선 제 2계급이며 백성들의 수호신"임을 강력하게 주장하고 있다. 왕이 백성들의 수호신이었기에 카를 7세는 요한나가 이끄는 군대에 의해 구출된다. 왕은 백성의 수호신이며 민족의 통일은 바로 백성에 의해 이루어진다는 것이 이 드라마가 지니고 있는 핵심적인 사상이다.

쉴러는 이 드라마에서 요한나를 민중 지도자로 만들어 프랑스를 영국에서 해방시켜 승리로 이끌뿐만 아니라 흔들리는 프랑스 영주들을 단결하게 하였다. 관객들이 이 극에 매료당했던 것은 이 드라마에 나타난 프랑스의 내분, 왕의 권력 약화 등이 당시 독일의 시대적 정치적 상황을 반영시켜 주었고 이로 인하여 애국심에 불을 당겼기 때문이라고 볼 수 있다. 그리고 이 드라마에 내재된 사상은 한 마디로 프랑스혁명에 대한 쉴러의 현대적 사고다.

2. '낭만적인 비극'

'낭만적 비극(Eine romantische Tragödie)'이라는 부제를 지니고 있는 이 드라마는 장르상 비극에 속하는 작품이다. 역사상의 잔 다크가 장작더미 위에서 화형을 당하지만 쉴러의 드라마에서 요한나는 백합꽃이 수놓인 화려한 프랑스군기에 덮여 장렬한 죽음을 한다. 따라서 그녀의 죽음에서는 어떤 비극적인 요소도 찾을 수가 없다.

요한나의 꿈에 성모마리아가 나타나서 카를 7세의 대관식을 거행하고 나라를 구할 임무를 내리면서 "어떤 남자의 사랑도 너의 가슴에 담아서는 안 된다."라는 계시를 전한다 이 신의 계시는 여성인 요한나에게 여성적인 것, 인간적인 것을 거부하라는 말이다. 그러나 영국군 장교 리오넬과 시선이 마주치는 순간 요한나의 가슴 속에 여성의 본능이 깨어나게된다. 그 동안 염원하던 카를 7세의 대관식이 거행되지만 요한나는 인간적인 사랑과 신의 계시를 어긴 죄책감으로 괴로워한다: "당신은 당신의 피조물을 벌하러 오시는지? 〔……〕 나는 나의 맹세를 어겼으며 당신의 성스러운 이름을 모독하였습니다!" 신의 계시를 지키기 위해 인간적인 사랑을 거부해야 하는 것이 바로 이 드라마의 비극적인 요소다. 『오를레앙의 처녀』의 비극은 요한

나가 비인간적이고 역사적인 위대함의 영역을 계속 고수
하려는 대신에 세속적인 삶의 영역에서 삶의 행복을 얻고
자 하면서 내적으로는 이 이원론을 부정하려는 데 있다.

요한나가 영국 장교, 리오넬을 만나면서 느끼는 죄의식
은 도덕적인 죄가 아니라 형이상학적인 죄이며 이 죄는
인간적인 것을 초월한 신적인 소명을 지닌 인간만이 느낄
수 있다. 한 남자를 사랑한다는 것은 다른 사람의 경우에
는 행복에 대한 자연스러운 권리이며 아름다운 영혼의 표
시이지만 요한나에게는 신의 소명을 어기는 일이다. 요한
나의 비극은 자연스럽고 아름다운 감정과 불가피하게 묶
여 있는 신의 소명과의 갈등에 있다.

그리고 '낭만적인 비극'에서 '낭만적'이라는 말은 18세기
에 '소설적', '기적적'이라는 말로 사용되었는데 이 『오를레
앙의 처녀』에서 '낭만적'이라는 말은 기적적이라는 말과
더 가깝다. 이 드라마의 서곡 1장면에서 베트랑이 가지고
온 투구를 보고 요한나는 "이 투구는 내 것입니다."라고
말한다. 베트랑이 집시를 통해 투구를 손에 넣게 된 과정
을 듣고 요한나가 순간적으로 자신의 의무를 깨닫는 점에
서 뭔가 예언적이고 신비스러운 것을 느낄 수 있다. 조국
프랑스가 영국을 승리하는 것은 기적이라는 베트랑의 말
에 "기적은 일어날 것입니다. 하얀 비둘기가 날고 조국을
멸망시키는 이 맹수를 독수리의 용맹으로 공격할 것입니
다."라고 말하므로 프랑스가 영국을 이길 것을, 즉 기적을

예언하고 있다.

요한나에게 나타나는 신비적인 요소는 처음으로 카를 7세를 알현하는 자리에서도 나타난다. 왕이 요한나를 시험하기 위해 뒤노아와 자리를 바꾸지만 요한나는 한 번도 본 적이 없는 왕을 알아맞히고 그 앞에 무릎을 꿇는다. 이 드라마에서 기적에 속하는 결정적인 요소는 마지막 장에서 영국군에게 체포되었던 요한나가 카를 7세가 체포되었다는 소식을 듣고 헤르쿨레스처럼 쇠사슬을 풀고 프랑스를 승리로 이끄는 장면이다. 프랑스를 영국으로부터 구하겠다는 요한나의 꿈과 이상이 현실화되고 있다. 쉴러에게 있어 "낭만적"이란 바로 이상이 실현되는 것을 말한다. 낭만적인 것, 즉 기적적인 것은 바로 쉴러의 이상주의의 실현을 위한 요소다.

3. 『오를레앙의 처녀』의 한국수용

역사상의 잔 다크가 1431년, 마녀로 몰려 프랑스 루앙 Ruen에서 산채로 화형을 당한 후 많은 작가들이 문학 작품에서 잔 다크를 부정적인 인물로 묘사했다. 셰익스피어는 『헨리 6세 Henry VI』(1562년)에서 잔 다크를 창녀로, 볼테르 Voltaire는 『오를레앙의 처녀 La Pucelle d'Orleans』(1759년)에서 잔 다크를 마녀로 그렸다. 그러나 쉴러는 『오를레앙의 처녀』에서 요한나를 영국에 맞

서 프랑스를 구한 영웅으로 승화시켰다. 이외에도 잔 다
크를 문학의 소재로 삼은 작품은 수없이 많다.

『신소설 애국부인전』역시 잔 다크를 소재로 한 작품이
다. 1907년 장지연은『신소설 애국부인전』을 발표하였는
데 이 작품에서 여주인공 약안은 역사상의 잔 다크와 마
찬가지로 마녀로 몰려 화형을 당하지만 쉴러의『오를레앙
의 처녀』처럼 구국영웅으로 그려져 있다.

『신소설 애국부인전』이 장지연에 의해 발표된 1907년
은 고종이 순종에게 그 보위를 양위한 해이기도 하다.
(순종의 즉위는 카를 7세처럼 지연되었다가 1907년 8월
27일에 거행되었다.)『신소설 애국부인전』에 나타난 정부
대신들의 분열, 왕의 지위약화 등은 당시 한일합방을 앞
둔 구한말의 정치 상황을 그대로 반영하고 있다. 장지연
은『신소설 애국부인전』을 통해 조선민족에게 애국심을
불러 일으키고자했다. 이는 이 작품이 출판 후 즉시 일제
에 의해 판금되었다는 사실만으로도 이를 알 수 있다.

장지연의 『신소설 애국부인전』이 쉴러의 『오를레앙의
처녀』를 원전으로 번안했는지 프랑스 역사를 소설화 한
것인지 밝히기는 어렵지만 쉴러의『빌헬름 텔』이『서사건
국지』라는 이름으로 1907년에 한국에 수용된 것을 감안
하면 이 작품 역시 쉴러의『오를레앙의 처녀』를 번안했을
가능성을 배제할 수 없다. 그럴 경우 장지연의 이『신소
설 애국부인전』은『서사건국지』와 더불어 한국에 수용된

최초의 독일 문학이라고 볼 수 있다.

그 후 1920년, 노자영(盧子泳)이 번역한 『오루레안의 처녀여!』가 <학생계 學生界>에 실렸으며 1929년에 다시 잡지 <진생 眞生>에 『오를레앙의 처녀』가 수록되었으나 역자의 이름은 밝혀져 있지 않다. 그러나 그 후 지금까지 쉴러의 『오를레앙의 처녀』는 한국어로 번역된 적이 없다. 고전드라마가 운문으로 쓰여진 경우 한국어로 번역하는 데에 많은 어려움이 있기 때문이 아닌가 사려된다. 역자 역시 이 작품을 원전에 충실하게 운문으로 번역하려고 시도 하였으나 역부족으로 이를 다음 기회로 미루기로 한다.

쉴러의 『오를레앙의 처녀』가 출판될 수 있도록 도움을 주신 서문당 여러분께 감사드린다.

작가 연보

1759년 11월 10일, 요한 크리스토프 프리드리히 쉴러, 네카강
가 마르부르크에서 탄생.

1773년 신학을 공부하려는 계획이 공작에 의해 차단됨. 공작은
대위의 아들인 쉴러를 사관학교에 넣으려 함. 엄격한 사관학
교의 정신에 만족하지 못한 쉴러는 은밀히 레싱과 클로프스토
크 등 질풍 노도 Sturm und Drang 문학에 열중.

1774년 사관학교의 법학부에 소속됨. 법학 공부 시작.

1775년 베르테르와 한 대학생의 자살 기사는 쉴러로 하여금 드라
마를 쓰려는 계기를 주었다. 11월, 사관학교가 슈투트가르트
로 옮겨 가고 의학부를 만들면서 법학을 의학으로 바꾸려는
결심을 함.

1776년 야곱 프리드리히 아벨이라는 철학 교수를 통해 자극을 받
아 세익스피어 드라마에 열중.

1777년 『도적떼 Räuber』 집필 시작

1779년 1월 10일, 프란치스카 폰 호헨하임 Franziska von
Hohenheim의 생일에 축사. 의학 박사 논문이 거부당함.

　　　12월 14일, 바이마르의 카를 아우구스트와 괴테 앞에서
사관학교 축제.

1780년 프란치스카 호헨하임의 생일에 두 번째로 축사. 괴테의
『클라비고 Clavigo』에서 쉴러는 주인공 역을 맡음. 『도적떼』
작업 계속.

　　　12월 15일, 사관학교를 나와 군의관으로 임명됨.

1781년 익명으로 『도적떼』 자비 출판.

1782년 1월 13일, 만하임에서 『도적떼』의 초연. 상당한 성공을
거둠.

4월, 드라마 각본 『도적떼, 비극』이 출판됨.

1783년 『루이제 뮐러린 Luise Müllerin』의 부분적인 완성.

4월 말에 『피에스코 Piesko』 출판.

7월 20일, 본에서 『피에스코』 상연

1784년 만하임에서 『피에스코』를 상연했으나 냉담한 반응.

6월, 평생 지속된 쾨르너 Köner와의 우정 시작.

1785년 3월 중순, <탈리아 Thalia>라는 연극 잡지가 나옴.

1787년 7월 20일, 칼프 여사의 초청으로 라이프치히를 거쳐 바
이마르로 여행. 비란트 Wieland와 헤르드 Herder를 만남
(당시 괴테는 이탈리아 여행 중이었다.)

8월 29일, 함부르크에서 『돈칼로스 Don Carlos』 초연

8월, 칸트 철학 공부를 결심함.

1788년   1월-4월, 샤를로테 폰 렝에펠트 Charotte von
Lengefeld 바이마르 체류.

9월 7일, 렝에펠트 집안에서 괴테와 사적인 첫 만남.

1789년 5월 11일, 예나로 옮겨 역사학 강의를 시작함. 샤를로테
와 약혼

1790년 2월 22일, 샤를로테와 결혼.

1791년 다시는 회복되지 못한 병의 발병.

1793년   미학서 『우아와 품위에 관하여 Über Anmut und
Würde』 출판. 9월 4일, 첫 아들 탄생

1794년 8월 23일, 괴테와 서신 시작. 그 후 괴테의 초대로 괴테
를 여러 번 방문함.

1795년 1월, 잡지 <호렌 Horen>발행. 『인간의 미적 교육에 관하
여 Über ästhetische Erziehung des Menschen』라는 논

문이 실림.

1796년 괴테와의 공동작 『익세니엔 Xenien』의 상당 부분이 나옴. 둘째 아들 탄생.

1797년 괴테가 예나에 옴. 『발렌슈타인 진영 Wallensteins Lager』 구상 및 완성.

1798년 11월 12일, 바이마르 극장 개장을 위한 『발렌슈타인』 초연.

1799년 『발렌슈타인의 죽음 Wallensteins Tod』 완성. 바이마르 궁중 극장에서 초연하여 열광적인 반응을 얻었음.

　　　　6월, 『마리아 슈트아르트 Maria Stuart』 첫 장면 집필.

　　　　12월 3일, 예나에서 바이마르로 이사.

1800년 『오를레앙의 처녀 Die Jungfrau von Orleans』 계획 및 집필 시작.

1801년 『오를레앙의 처녀』 완성. 코타에서 『마리아 슈투아르트』 발행. 『오를레앙의 처녀』 라이프치히에서 초연

1802년 『빌헬름 텔 Wilhelm Tell』 집필 시작. 4월 29일, 어머니의 죽음.

1803년 『메시나의 신부 Die Braut von Messina』 완성. 3월 19일, 바이마르 궁중 극장에서 초연. 바이마르에서 『오를레앙의 처녀』 공연.

1804년 4월, 『빌헬름 텔』 완성.

　　　　7월 25일, 코타에서 『빌헬름 텔』 발행.

1805년 1월 30일, 바이마르 궁중 극장에서 개작 『페드라 Phädra』 초연. 5월 9일 사망.

옮긴이 약력

경북대학교 외국어교육학과 독일어 전공, 고려대학교(문학박사)
독일 괴테인스티튜트 디플롬, 알렉산더 폰 훔볼트 재단 초청 연구
    교수
독일 뮌헨대학, 마인쯔대학, 베를린 훔볼트대학에서 독문학 연구.
대구가톨릭대학교 서양어문학부 독어독문학과 교수

최근 출판된 역서 및 저서
역서: ≪겐테의 한국기행≫ 대구효성가톨릭대학교 출판부 1999.
    ≪힌체와 쿤체≫, 성균관대학교 출판부 1999.
저서: ≪Die unverkaufte Braut≫ 독일 Haag+Herchen 1996.
    ≪독일어권의 여성작가(공저)≫, 충남대 출판부 2000

오를레앙의 처녀 〈서문문고 306〉

초판 인쇄 / 2001년 11월 5일
초판 발행 / 2001년 11월 10일
옮긴이 / 최 석 희
펴낸이 / 최 석 로
펴낸곳 / 서 문 당
주 소 / 서울시 마포구 성산동 54-18호 동산빌딩 2층
전 화 / 322—4916~8 팩스 / 322-9154
등록일자 / 1973. 10. 10
등록번호 / 제13-16

ISBN 89-7243-506-6   ※ 잘못된 책은 바꾸어 드립니다

서문문고 목록

001~303
◆ 번호 1의 단위는 국학
◆ 번호 홀수는 명저
◆ 번호 짝수는 문학